# Valores de Fabrica

# Valores de Fabrica

Fernando Vega De la Peña

Número de Control de la Biblioteca del Congreso de EE. UU.:    2016900504
ISBN:          Tapa Dura              978-1-5065-1180-1
               Tapa Blanda            978-1-5065-1179-5
               Libro Electrónico      978-1-5065-1178-8

Información de la imprenta disponible en la última página.

Fecha de revisión: 20/01/2016

**Para realizar pedidos de este libro, contacte con:**
Palibrio
1663 Liberty Drive
Suite 200
Bloomington, IN 47403
Gratis desde EE. UU. al 877.407.5847
Gratis desde México al 01.800.288.2243
Gratis desde España al 900.866.949
Desde otro país al +1.812.671.9757
Fax: 01.812.355.1576
ventas@palibrio.com
733680

# Biografía Del Autor

Nací en Saltillo, Capital del Estado de Coahuila de Zaragoza hace 4 décadas, y desde los primeros registros memoriales de mi conciencia, los cuales recuerdo con suficiente claridad, los más antiguos que se remontan a un biberón en forma de Santa Claus, una cuna con reja de madera color blanco grisáceo, unas cortinas de plástico con un paisaje estampado de algún lugar selvático en tonos naranja y blanco, y los primeros aciertos y desatinos en el comienzo de la vida estudiantil, que como bueno recuerdo a mi tía abuela comprándome un cono de cajeta o leche quemada al salir del kínder, y los trágicos momentos en el primero o segundo día en preescolar cundo una absurda maestra me reprimió lo sucio que estaba mi dibujo, una imagen de un árbol que me hicieron pintar con acuarelas en una hoja de papel cebolla.

El gigantesco caballito de mar color café tabaco, de una superficie porosa como la piedra pómez que con un especie de zumbido me despertaba por las noches y me hacía correr a la ventana de la puerta metálica que daba al patio, para alcanzar a ver cómo esta figura se movía entre las estrellas dando lentos giros sobre su propio eje, haciéndose más grande con cada vuelta, dando el aspecto de acercarse hacia mí. Sueño que se repitió muchas veces entre los primeros años de mi vida y que aún tengo presente, aunque ya no lo sueño.

Esta es mi primer novela concluida y publicada, siento que me la debía, ya que escribir me apasiona, y es la mejor forma de entender las largas charlas que a menudo sostengo conmigo miso.

# RESUMEN

Tiempos difíciles me azotaron con furia durante los próximos años, actuales que son y aún más difíciles y violentos, hoy he vuelto a editar la realidad, el sueño de un País mejor en un Mundo mejor ronda mi mente, sin dejar de mirar el presente y el aquí. La marea sigue golpeando mi isla pero ésta no es la que inventó Platón.

Valores de Fabrica, en resumen es una novela que pretende contar dos historias, conjugando distintas realidades y algunas aventuras, ficción, emociones, reflexiones y opiniones.

Los mundos y las sociedades que aquí se describen pareciera que se mueven en distinto sentido y dimensión aunque en un mismo espacio.

Quien aparentemente tenía todo descubre que esta vacío, y el que nada poseía se convierte en verdugo de casi todos. Ambos lados de la moneda, el equilibrio del universo, uno no pudo haber existido sin el otro.

Valores, sociedad, crítica y ficción, una mezcla amorfa que lo hará reflexionar cada vez que su dedo regale un *Like* en sus Redes Sociales.

# Valores De Fábrica

Fernando Vega De La Peña

*Dedicado especialmente para*
*Angie y Yudit,*
*los dos pilares de mi fortaleza.*

*En homenaje y agradecimiento*
*a la familia, mi familia,*
*la verdadera patria.*

# CAPITULO I

Impactado por la muerte de su padre, un Joven analiza en retrospectiva, de forma fugaz pero a detalle, la línea de vida que ha dejado su familia. Inmediato descubre que hace casi siete años, cuando él solo contaba con trece abriles, había estado en la misma funeraria velando a su abuelo, quien había muerto a los setenta y ocho años, víctima de cáncer. Ambos predecesores solo habían procreado un hijo, en el cual enfocaban sus esfuerzos para prepararlo en la tarea de administrar la gran fortuna familiar amasada generación tras generación, por tal motivo ha pasado sus pocos años de vida en los mejores colegios, fuera de casa, incluso fuera de su País, conviviendo solo unos pocos días al año con sus padres y seres queridos.

De pronto algo resalta en su mente, como haciendo contraste con todas las imágenes del pasado. No le llamó la atención la falta de amor y cariño familiar, la falta de convivencia con sus padres, el calor de hogar, no, ese no era el principal problema ya que por generaciones han pasado por el mismo estilo de vida, así crecieron, está en sus genes. Lo que realmente le llamo la atención fue la degradación de la vida en la línea histórica de su familia cuando avanzaba hacia delante. Ahí estaba esa fortuna que crecía y crecía a través de los años, pero la calidad y cantidad de vida de sus antepasados cada vez fue desmejorando, de haber tenido docenas y medias docenas de hijos, sus antepasados pasaron a tener pares y de una generación a otra, solo uno heredero, como era el caso de su abuelo y de su padre, y eso en el mejor de los panoramas, ya que las dos tías abuelas que tenia, nunca tuvieron hijos.

La edad en la que morían sus familiares era cada vez menor, su padre murió solo contando con cincuenta y ocho años de edad, cuando el cáncer de páncreas dijo aquí estoy. Preocupado entonces por su futuro, el cual estaba marcado por un camino bastante conocido para él, pensó en cuántos hijos tendría, cómo, cuándo moriría, de cáncer quizá, a qué edad, en donde, sólo tal vez. Hacia cualquier parte que volteara solo veía violencia, inseguridad, caos, soledad, muerte, y olvido; entonces enfocó una vez más su atención en la línea de vida de su familia y descubrió un lugar que se alejaba del maltrecho presente y del predecible futuro; el pasado...

Se encontraba a mitad de una carrera universitaria mal que bien inducida por las recomendaciones de su padre, pero exitosamente desempeñada. Pasaba las tardes en su departamento en Baltimore, sólo, la mayor parte del tiempo estudiando, haciendo trabajos, tareas y actividades que le asignaban en la prestigiosa universidad. No veía con malos ojos a la soledad, de hecho en ratos se llevaban bien, ya que además de ser fiel ayudante a la hora de estudiar, le servía de lienzo blanco donde plasmar sus frecuentes ideas, inventos y pensamientos creativos, que constantemente rondaban su cabeza.

Sus amigos, que eran muy pocos, y no tan amigos, hijos de compañeros y socios de su padre, dos en particular recordaba con mayor frecuencia. Eran los hijos de un empresario prominente radicado en el norte de México, que en buena parte de su vida había trabajado muy cerca de su padre, tenían muchos trabajos y proyectos en común.

Diego y Verónica De Lorenzo, vivían en un hermoso valle en medio del desierto, en una vieja hacienda vitivinícola comprada por sus padres con el fin de establecer su nuevo hogar cuando apenas tenían unos pocos años de vida, originarios de España, llegaron y se establecieron allí.

Al igual que él, ellos también estaban lejos de su hogar casi todo el tiempo debido al estudio, pero disfrutaban cada momento que pasaban en aquella vieja hacienda, donde en tres o cuatro veranos fue invitado de honor por el amigo de su padre.

Desde la primera ocasión cuando apenas tenía diez años, supo que aquellas estancias serías inolvidables, pues para él era como viajar al pasado, conocer la historia, vivirla, sentirla, probarla y ser parte de ella. Le impresionaban sus costumbres, el particular interés y dedicación que otorgaban a cómo vivir, antes del cómo hacer y el cómo tener.

Destacaba sobre todo el lugar, la propia hacienda, enorme y autoritaria, de la cual emanaba sabiduría, olor y sabor. Decorada con hermosas antigüedades, todas con una historia increíble, propia y familiar, grandes espacios para pasear a caballo o practicar todo tipo de deportes al aire libre, y los magníficos viñedos, distintivo sello de particular prestigio y exclusividad que le aportaban al lugar un estatus especial.

Las comidas eran de igual envergadura, tradición e historia que la gran hacienda, aunque no siempre las recibía bien su estomago. Así era aquella familia, mucho muy distinta a la suya, cuyo pasado no hablaba, no se movía y solo se apreciaba ajeno, grisáceo y muy distante…

De camino a casa, una residencia ubicada en el corazón de una gran Ciudad, donde había crecido entre extraños objetos, lujos exóticos y falsas burguesías aparentadas, sentado en el asiento trasero de un auto de lujo, pensativo comprendió que a partir de ese día, el negocio familiar tenía ahora su nombre grabado, dejaba de ser suplente para ocupar la titularidad que antes le correspondía a su padre. Al instante notó que todos a su alrededor lo miraban como si fuera otra persona, incluso su madre, quien a pesar de haberle dado las dosis justas de amor maternal, nunca tuvo la autoridad ni el interés suficientes para tomar las riendas de la familia y los negocios, siempre se sometió voluntaria y evasivamente a las ordenes del patriarca.

Por primera vez en su vida no pudo sentir que estaba en casa, ahí en medio del pasillo que comunicaba el comedor con la cocina, se detuvo, no reconoció ningún olor, ni la luz natural que entraba por las ventanas le pareció familiar, parecía la casa de alguien más.

Caía la tarde, el silencio y las sombras frías ocupaba todos los espacios de la casa, ahora ya incluso se sentía incómodo, no sabía qué hacer en ese lugar, quería descansar en su recamara, pero en la del departamento de Baltimore y no la de ese lugar.

Muy confundido caminó hasta la sala principal y pudo con algo de esfuerzo sentarse en un sofá, estaba seguro de que era la primera vez que lo hacía y dudaba que alguien más lo hubiera hecho antes. Ya casi sin luz natural, distinguiendo solo sombras y después de unos treinta minutos de estar inmóvil, respirando lento muy lento, casi sin parpadear, mirando a ninguna parte, hizo un segundo movimiento en el sillón, con el cual pudo recargar la cabeza en el respaldo, cerró los ojos y vencido por el cansancio cayó en un profundo y vacío sueño.

La alerta de su móvil lo despertó sorpresivamente, muy aturdido se enderezo en el sofá, y con la vista turbia echó una apretada mirada al teléfono celular, tardo unos segundos en darse cuenta si el sonido que hacía aquel aparato era debido a una llamada entrante, la agenda o el despertador.

Hizo un esfuerzo para tratar de ver con más claridad en donde se encontraba, algo adolorido por haber estado medio sentado un buen rato, se dio cuenta que se encontraba en la casa de la Ciudad de México, ahí, solo y en silencio, como cuando decidió sentarse en ese sofá, con muy poca luz aún, confundido, no asimilaba bien el tiempo que había pasado, se puso de pie y caminó hasta la cocina donde pudo servirse un poco de agua, y así deambulando por la casa transcurrió media mañana.

No vio a su madre hasta la hora de la comida, que ahí se servía a las cuatro de la tarde. La plática fue breve y se limitó a un par de asuntos, el regreso a la universidad, terminar su carrera, y de forma muy general, los negocios familiares, de los cuales estaría encargado el Comité Directivo integrado por los más fieles trabajadores de su padre, al menos a un par de ellos les decía tío desde niño, aunque realmente no lo eran. Después él tomará la presidencia, una vez concluida su preparación profesional, que sería dentro de diez meses.

Con cierta ansiedad, empacó una pequeña maleta y salió de la casa con rumbo al aeropuerto, al hacerlo tuvo la sensación de alejarse de una comunidad sombría, en blanco y negro, tan ajena como el pensamiento de alguien más.

La estancia en su tierra fue breve, y ya de regreso en la alta sociedad estudiantil, recibió formales condolencias por su perdida, y tan solo al siguiente día de haberse incorporado a sus clases, la vida y costumbres volvieron a ser las mismas, se sintió aliviado, feliz en su mundo privado y exclusivo. Pero conforme pasaba el tiempo y llegaba la culminación de su carrera y el inminente regreso a México, se incrementaba en él la presión, el miedo tal vez, y un cierto malestar estomacal cada vez que recordaba la obligación que tenía en hombros.

Encargarse de los negocios de la familia no era lo que más le incomodaba, ya que el trabajo constituía una de sus más grandes paciones. Lo que realmente le desagradaba era tener que ocuparse de un estilo de vida preestablecido desde antes de que naciera, lo cual para él representaba lo mismo que conocer su futuro, siendo sabedor por consecuencia de su destino final.

# Capitulo II

El día de su graduación, en compañía de su madre y su "tío" Don Alonso, encargado interino de las empresas familiares, acudieron a un exclusivo restaurante para celebrar el éxito. Rodeados de común lujo y finas atenciones, la velada transcurría lento, pequeñas frases a modo de platica o comentarios brotaban esporádicas, aisladas y sin llegar a amalgamase ni hacer eco en un tema particular, todo estaba dicho y el camino marcado, no había razón para tomar acuerdos, ni establecer instrucciones, él, regresaría a México y poco a poco con la ayuda de Don Alonso se encargaría de todos los negocios familiares, tal y como lo hizo su padre y su abuelo y todos los demás cuando les llegó la hora.

Tomar la decisión de comprar un departamento en una exclusiva zona de la Ciudad de México, y no seguir viviendo en la casa que habitaba su madre le resultó extraño al principio, pero no tardo mucho en acostumbrarse. Desde el primer día, Don Alonso ya lo empapaba con mil y un consejos sobre cómo dirigir el emporio que dejó su padre, y poco a poco lo fueron llenando de tareas que demandaban un pronto análisis y la inmediata resolución.

De vez en cuando llamaba a su madre para completar la cuota de una buena relación familiar, menos veces la veía ya que por lo general se encontraba viajando con amigas o acompañantes. Él sabía que no le faltaba nada y que disfrutaba la vida a su manera.

De la oficina a su departamento y de éste a la oficina, con la más excitante variedad de asistir a una comida o cena de negocios de vez en cuando. Aún no había entablado amistad con nadie, toda la fauna que lo rodeaba le veía como un semidiós o un magnate egipcio, al menos así se sentía.

Las palabras dulces y con cariño fraternal venia de la misma boca de la cual salía todo el trabajo que pesaba ya sobre sus hombros, una persona de casi setenta años de edad, Don Alonso Valdepeña, así que la diversión no era parte de su vida en lo absoluto.

A las siete de la mañana en punto, en la sala de juntas el día acordado, el Consejo Directivo se encontraba reunido, presidido por ultimas vez, creía él, por Don Alonso, quien tuvo a bien iniciar la sesión con una pequeña pero emotiva semblanza pos mortem en honor a la memoria de su recién fallecido jefe y amigo. Acto seguido tomó la protesta al nuevo sucesor y jefe supremo de aquel gran complejo empresarial.

Un poco nervioso, el nuevo líder se dirigió a los presentes declamándoles un breve mensaje que había escrito la noche anterior, al final de las líneas todos se pusieron de pie y aplaudieron con gran fervor. No se tomaron acuerdos y se declaro cerrada la sesión, de inmediato todo aquello se convirtió en brindis, felicitaciones y abrazos.

La empresa, durante muchos años había funcionando como reloj suizo, así que las grandes innovaciones y reformas no eran necesarias, por el momento bastaría con tomar parte en algunos eventos públicos y actos solemnes, sin embargo, pasados un par de meses los genes familiares brotaran en él, y no supo en qué momento ya estaba completamente inmerso en el mundo de los números, la bolsa, las acciones, los bancos, negocios, viajes, juntas, idiomas, aviones privados, choferes y un sin fin de actividades empresariales. Hasta que un día, leyendo la sección financiera del NY Times en la terraza de la suite de lujo que siempre reservaban en un exclusivo hotel del Caribe Mexicano, algo en la terraza inferior atrapo su atención...

Sentado haya abajo, distinguió a un regordete niño blanco como la leche y de cabello crispado de un intenso color negro que le cubría casi media nariz, él también tenía en sus manos un periódico, lo ojeaba sin prestarle mucha atención. Una vez perdido el interés en la prensa, tomó su celular, activó el manos libres y se acomodó con su "Tablet" en el confortable camastro. Durante las próximas dos horas, no dejó de hacer ademanes y muecas propias de alguien que mantiene una conversación casi doctrinal, sin dejar de prestar atención a su dispositivo electrónico inteligente. No había nadie más en aquella terraza, ni en la piscina, ni tomando los últimos rayos de sol.

Por periodos largos dejaba de moverse, con excepción de un dedo que deslizaba de cuando en cuando sobre la pantalla. Cómo era posible que un niño no tocara si quiera el borde de la piscina ni para mojarse los pies, y qué decir de la inigualable playa con sus suaves y cristalinas olas, la blanca arena y la diversión que otros niños de su edad disfrutarían.

Luego de observarlo por un largo rato, tuvo que asistir a una reunión de negocios abandonando la terraza con mucha intriga, la cual se fue desvaneciendo con el transcurrir de las horas, la charla y algunos tragos.

Su reloj marcaba casi las cuatro de la mañana cuando regresó a su habitación, a pesar de la hora, no se sentía cansado y pensó en remplazar el zumbido de la música y el bullicio de la gente de la reunión, el cual aun podía sentir, y cambiarlo por la suave brisa del mar Caribe y el delicado mormullo de la luna que esa noche presumía orgulloso aquel cielo nocturno.

Tras ponerse cómodo y preparar un te instantáneo, se encaminó a la terraza de la suite, no había terminado de correr la puerta cuando recordó a su extraño vecino. Decidido a no prestarle mayor importancia, se acomodo en un confortable sillón junto a la piscina, y a pequeños sorbos consumía su improvisada bebida. La idea resultaba más que excelente, ya sentía relajarse, disfrutaba de la luna y el sueño mostraba sus primeros síntomas, casi lo logró, de no ser por una fuerte carcajada de esas que terminan con un par de ronquidos.

Creyó haber imaginado aquel escalofriante sonido en medio de la noche, pero aun no conseguía olvidar la primera cuando otra carcajada resonó por toda la piscina. Esta vez pudo identificar de donde venía aquella macabra locución.

Con sigilo se incorporo del sillón y caminó hasta el borde su terraza, no lo podía creer, sentado en el mismo lugar se encontraba aquel niño que había visto por la tarde, bocadillos y bebidas le acompañaban, los destellos de colores que emanaba de la pantalla chocaban contra su blanco y redondo rostro generando una variedad de figuras y sombras, algunas graciosas, otras no tanto. De pronto aquel niño volvió bruscamente la cabeza hacia donde se encontraba su espectador, clavando una oscura mirada en él, haciéndolo retroceder, cual vouyerista que es descubierto...

Al día siguiente, intrigado por el comportamiento de aquel niño, pensaba en cómo era posible que alguien de su edad pasara la tarde y la noche entretenido por un celular y una computadora, ignorando por completo el entorno. Qué padre sería capaz de dejar a su hijo en el hotel mientras él se divertía por allí, o quizás ocupado trabajando, o ambas. De cualquier forma aquello no le parecía normal.

Camino al restaurante para tomar el desayuno, vio a un empleado del hotel saliendo de la suite vecina, y no soportó la tentación de hacerle un par de preguntas...

__Disculpe joven, si no es indiscreción, tengo curiosidad por saber de dónde es la familia que se hospeda en esa suite?_... cuestionó con voz muy baja. _Somos vecinos..._agregó con una ligera sonrisa nerviosa.

__ ¿Cuál familia señor? En esa suite solo se hospeda Mr. Hassank..._ respondió concreto el empleado... _debe ser estadounidense o algo parecido porque solo habla inglés._ Agregó.

__ ¿Solo quién? Pero si yo vi a su hijo ayer. Se pasó toda la tarde y noche en la tarraza jugando con su computadora y un celular..._ afirmó el joven empresario.

_Esta equivocado señor, Mr. Hassank solo tiene doce años, a quien vio Usted fue a él. Finalizó el empleado._

Sorprendido reprocho al camarero diciendo que era imposible que alguien de 12 años viajara solo, y menos un extranjero, pero el empleado del hotel le reveló que desde hace tres o cuatro meses, cada fin de mes, una persona adulta que dice ser familiar del niño, alquila dos suites separadas una de la otra lo más posible, y durante todo el fin de semana Mr. Hassank no sale para nada de la habitación, ni la persona adulta acude a visitarlo, solo se reúnen en el Lobby el día que dejan el hotel.

Aquel comportamiento le pareció el más extraño que había conocido, y vaya que sabía de excéntricos y chiflados, pero esto estaba a otro nivel, no era un capricho ni una excentricidad, era más bien una forma de ser, un nuevo y extraño comportamiento infantil.

El fin de semana fue breve como de costumbre y el viaje que le esperaba era largo como lo habitual, así que era hora de encaminarse a la terminal aérea para tomar el siguiente vuelo a Nueva York.

Primera clase claro, la mejor estancia para leer, beber whisky y dormir, si no la mejor, al menos era la que más usaba para esas tres grandes y necesarias actividades. Una joven y bella azafata que sabía su apellido lo llevo hasta el confortable aposento, le prometió un tranquilo y placentero viaje, asegurándole que estaría con él de nuevo tan solo despegaran y tomaran velocidad crucero, para llevarle la carta y servirle la bebida de su elección.

De nuevo casi lo logra, de no ser por una repentina mirada que sintió clavársele justo en la sien.

Se trataba del ocupante del asiento de alado, nada más ni nada menos que su nuevo y ahora frecuente vecino, el niño de la terraza. Viajando en primera clase, como él, para variar.

Por un instante tuvo la sensación de estar enfermo, demente, esquizofrénico, tal vez el niño era solo una alucinación, una visión de sí mismo en el futuro, o en un presente paralelo.

De nuevo en la realidad voltio la cara hacia su vecino quien lo seguía observando, así que opto por ofrecerle un pequeño y discreto saludo, el niño asintió con la cabeza pero sin mostrar la mas mínima expresión en el rostro, luego de eso desvió la mirada y se hundió en su confortable sillón.

Durante todo el vuelo, no dejó de pensar en qué fue del futbol para ese extraño niño, o que pasó con el beisbol o cualquier otro deporte, PS3, 4 o 5 el que fuera, verdad, imaginó. Y los amigos? Facebook claro, elemental.

Aún para él era demasiado, a pesar de no haber tenido la más común de las infancias, realmente pocos amigos, menos juegos en la calle, nunca jugó con ranas y no recuerda haberse bañado con lodo pensando que era chocolate, él se divirtió lo suficiente, como niño rico, pero como niño al fin.

La intriga y el asombro pasaron a ser preocupación, y como hizo consigo el día que falleció su padre, imaginó cual sería el futuro que aguardaba a ese pequeño, la conservación y mejora de la especie no cupieron en el cuadro.

Finalmente la primera clase hizo su trabajo y tras un par de whiskys apurados, mas medio capitulo de un libro de Carlos Fuentes, se internó en lo más profundo de su inconsciente.

De no ser por la azafata que le palmeó el hombro para despertarlo y anunciarle que estaban próximos a aterrizar, él hubiera seguido de largo con su placentero sueño. Le serviría de mucho haber dormido bien, los días que pasaría en la Gran Manzana no serían nada fáciles.

# Capitulo III

Su empresa contaba con oficinas en muchas ciudades alrededor del mundo, incluyendo por supuesto Nueva York, y aunque no era la primera vez que estaba en aquella gran ciudad, la verdad es que ahora sentía algo de nervios pues en esta ocasión no contaba con el respaldo ni la experiencia de sus empleados, ya que viajaba solo.

Su intuición no le quedó mal, pues tras pocos minutos de haber pisado el suelo norteamericano, ya sentía la presión de sus socios y confirmó que aquel no sería un viaje más.

En el aire se respiraba abundante tención debido a la crisis de inseguridad que crecía rápidamente en su País, la incertidumbre y la falta de confianza en las autoridades.

__La delincuencia en México se ha convertido en un factor a considerar para toda inversión... comentó un socio estadounidense.

No se equivocaban, ya que pese al esfuerzo del gobierno por combatir la delincuencia, y el mayor y más exitoso esfuerzo por esconder la penosa realidad, a todas luces se sabía que para arrancar o mantener un proyecto, era necesario calcular el factor inseguridad al momento de determinar la utilidad y viabilidad del negocio.

Secuestros, extorciones, asesinatos, robos, desapariciones, el nuevo vocabulario que había que aprender en el argot empresarial, nacional e internacional, pero no había problema, nunca lo hay en realidad, hasta que te toca a ti, o hasta que la ves pasar de cerca.

La estancia en la Gran Manzana fue larga, cansada y nada placentera, regresaba a México con más problemas por resolver, que buenos negocios cerrados con éxito. Pero a decir verdad, a este joven empresario, no le afectaron muy hondo tantas querellas, él sabía que apostarían hasta que les tocara perder, y después buscarían otra cosa de donde sacar provecho.

De nueva cuenta se encontraba hurgando en su futuro, crisis social, caos, ingobernabilidad y anarquía, desnaturalización de la especie humana. Pero, cómo remediar esta situación, ¿Podría él ayudar? ¿Podría hacer algo? Creía que sí.

Entonces hizo un análisis muy básico, muy primario, del problema generalizado, y de la sociedad, los seres humanos, ahí radica la fuente del problema, pensó, la clave. Nuestro comportamiento, nuestras decisiones, no solo afectan a nuestra raza, arrastramos a todo el planeta.

Luego pensó en él, en su padre, en su abuelo, en su madre, en el niño solitario del hotel, en todo ser humano que ha conocido, su forma de vivir, su forma de morir.

En que momento una madre le enseña a su hijo a ser secuestrador, a robar, matar o a violar, quién fomenta la auto destrucción de su propia especie.

Recordó algo que vio y estudió no hacía mucho en la universidad, que nosotros, los seres humanos, tan racionales, tan sapiens, los únicos con esta capacidad, según nosotros, estos mismos humanos somos la especie más frágil y vulnerable al nacer, una de las menos equipadas, y con el disco duro mental mas en blanco que se pueda tener en este reino, así, somos los que más ayuda necesitamos para desarrollarnos y alcanzar un potencial mental más menos aceptable. Como cualquier otra especie tenemos instintos desde que nacemos, incluido el de la supervivencia, no obstante este instinto funciona como una reserva de energía que otorga impulso extra para prolongar la oportunidad de incorporarnos a la vida natural que a cada quien le corresponde, y así cumplir con nuestro ciclo.

Nuestra naturaleza no es vivir solos, aislados y autosuficientes, como el tigre o el águila, por el contrario, desde los primeros días de la humanidad, hemos buscado vivir en grupos, tribus y sociedades, "civilizadas". Luchamos y vamos a la guerra por defender nuestro grupo y nuestro territorio, pero no es condición humana destruir su propio entorno. No debemos interrumpir, la enseñanza, la ayuda, la educación que un ser humano requiere para estar completo y apto para natural y armónicamente desarrollar su papel en este universo.

La tecnología, la ciencia, la modernidad, han contribuido y aportado a la sociedad innumerables avances en la salud, en la forma de comunicarnos, en la forma de movernos, de arroparnos y de alimentarnos, pero desgraciadamente a creado también, puentes en nuestro intelecto que bloquean partes muy importantes y esenciales de nuestro aprendizaje, espacios que se quedan en blanco y que hacen que nuestro desarrollo se vea mermado, la facilidad nos hace débiles en cuanto al físico, y después tenemos que sustituir esa falta de fuerza con más ciencia y tecnología, mas dependencia.

Un niño que padece obesidad no necesita salir a jugar, hacer ejercicio con otros niños, no necesita sentirse mal por que no es el mejor, es mas ni siquiera puede ser el peor, para que pasar por eso, pudiendo ser el mejor jugador de la NFL o la MLB o del deporte que sea, desde su consola de video juegos con una súper pantalla de alta definición y en tercera dimensión.

La carrera por hacernos la vida más fácil nos ha llevado a un estado surrealista, carente de sentido del deber, nos estamos volviendo solitarios, egoístas y cada vez nos alejamos más de nuestra naturaleza social...

Con estas reflexiones aún moviéndose dentro de su cabeza, trató de enlazar ideas para solucionar los problemas que se presentaban a la orden del día, llamó a su principal consejero para que juntos tomaran las decisiones adecuadas y cubrir los requerimientos de sus clientes, pero para su sorpresa, le tenían reservado un contratiempo mayúsculo.

Sus empleados habían sido alertados de que el crimen organizado había puesto la mira en su cabeza, iniciaron con llamadas amenazantes, mensajes escritos y asedios frecuentes. De las palabras pasaron a los hechos, robos y daños a oficinas, vehículos y mercancías, sin que disminuyera la amenaza de un secuestro.

Esto obligó a la adquisición de equipo extra para su seguridad, aunque como todos, al principio nadie se lo toma muy en serio, él confiaba en su suerte, así que le restó importancia al tema, hasta que comprobó personalmente la eficacia de su vehículo blindado y la destreza de su chofer especialmente entrenado para eludir ataques e intentos de secuestro. De no haber tomado estas medidas no hubiera podido escapar, ni estar al día siguiente tomando una confortable taza de café en su nueva oficina de la calle Broome St. en New York City...

Apenas contaba con veintiséis años de edad y se encontraba solo en su departamento en lo alto de un edificio, auto exiliado de su País, hacia cinco meses que no veía a su madre, quien ahora vivía en Barcelona, España, teniendo contacto con ella solo por teléfono una o dos veces por semana.

Aquella tarde cuando sonó el teléfono en su departamento y pudo identificar el número, esperaba escuchar a su madre, pero fue otra voz femenina la que hizo eco a través de la línea.

Inmaculada Pérez era una amiga de su madre, nunca había hablado con ella pero escuchaba su nombre en todas las conversaciones telefónicas que tenía con su mamá, *Inma*, le decía. La sorpresa de escuchar otra voz fue reemplazada inmediatamente por la peor de las tragedias, su madre había fallecido repentinamente de un infarto mientras dormía en su recamara, la noticia fue devastadora y le causó la mayor de las depresiones que hasta entonces había podido sentir.

Desde hacia tiempo su madre vivía al otro lado del mundo en el *Parc de l'Oreneta*, una confortable y tranquila zona campestre de Barcelona, él estaba convencido de la felicidad que su madre había encontrado en aquel entorno, jamás la escuchó tan contenta como en esos días.

Y tan pronto se enteró de la tragedia, hizo maletas y se dispuso a viajar hasta la península ibérica acompañado de un par de fieles empleados para asistir al cortejo fúnebre, haciéndose cargo de todos los tramites y servicios para la velación y entierro de su madre.

Ya en Barcelona, conoció personalmente a *Inma* y a un sorprendente número de amistades que al menos aparentaban sentir profundo la muerte de su madre, parecía como si hubiera nacido en aquel lugar y aquella gente fuera la familia lejana que nunca había visto.

Desde el principio de la tragedia, *Inma* le había comunicado que su madre pertenecía a una exclusiva comunidad católica y que lo entenderían si tomaba la decisión de trasladar el cuerpo a México, pero que sería una bendición que la dejara descansar en el lugar donde había alcanzado la verdadera felicidad.

No lo pensó demasiado, y el testamento que dejó su madre apoyaba la idea, a demás de disponer algunas generosas aportaciones a la santa comunidad. Tras una breve pero muy formal ceremonia luctuosa, los restos de su señora madre fueron depositados en el exclusivo cementerio de aquella localidad, para su eterno descanso.

Luego que terminó el cortejo fúnebre, se retiró a su hotel y se internó en su habitación de donde no salió ni habló con nadie durante las próximas 24 horas.

Aun quedaban algunos trámites por realizar en aquel país, pero decidió hacerlo solo, así que les pidió a sus acompañantes que regresaran a Nueva York y continuaran con sus actividades. Él pasaría un tiempo en Europa tratando de asimilar lo mejor posible, todo el caudal de trágicos acontecimientos recién ocurridos. Así inició un viaje que cambiaría el destino que él mismo se había pronosticado...

Rentó una pequeña finca, escondida entre el bosque, en el Paseo de Santa Madrona a las afueras de Barcelona, donde trató de descansar y acomodar sus ideas en compañía de su soledad. Pasaba la mayor parte del tiempo admirando la casa, el hermoso lugar en donde estaba y el estilo y forma de vida de los lugareños, que bueno, realmente nada mas había visto como a cuatro personas, de las cuales solo habló con dos y uno solo dijo dos o tres palabras una sola vez y no le entendió nada, ese fue la persona que lo recibió en la entrada de la casa, quien abrió la reja para que pasara el automóvil que había rentado. Era un señor de edad avanzada, pero muy derecho, erguido, bastante delgado y activo, ya que casi no se le veía en un solo lugar, él hacía las veces de portero, jardinero, conserje y vigilante.

La otra persona era una señora que aparentaba tener más de setenta años, en ocasiones un poco más, usaba una especie de mascada o pañoleta en su cabeza que solo dejaba al descubierto su rostro blanco con tres características manchas rojas, una en la gruesa nariz y las otra dos en sus grandes mejillas. Ella era la encargada de hacerle de comer y llevar la limpieza de la casa, tenía un caminar un tanto pesado, pero firme y fuerte, y aunque hablaba más que el portero, los primeros días, solo le entendía la mitad de todo lo que le decía, no estaba acostumbrado a ese castellano, y menos al catalán ni al gallego, que dicho sea de paso, no sabía distinguir cual era uno o cual el otro.

Los señores que habitaban la finca lucían vestimentas antiguas, pero no desgastadas, más bien era muy básica y elemental, como sacada de una fotografía vieja en blanco y negro. En ratos imaginaba la tienda en la que debían comprarla, igualmente antigua, con poca luz, atendida quizá por una persona de origen árabe.

Generalmente era en el almuerzo cuando más convivía con Luciana, así se llamaba aquella sabia señora, disfrutaba oírla hablar de su vida, de su historia, que era casi como una película increíblemente entretenida, después la escuchaba quejarse de lo malo que son estos tiempos, la falta de educación de los jóvenes y la falta de valores.

Él sabía que Luciana tenía razón, los jóvenes de las grandes ciudades, como los que eventualmente conocía en algún bar o café, solo hablaban de la globalización y las redes sociales, de cuando en cuando metiendo una palabra o frase en inglés, mucho "Face" y poco "Book" mucho Twitter, mucha moda, mucho sexo, mucha droga, mucho open mind, y por supuesto, todos son socialistas de "closet" y están en contra del gobierno.

Ella había nacido en "Piera", provincia de Barcelona, haya pasó la mayor parte de su vida en una pequeña granja, le contó que muchos años inolvidables pasó en aquel pueblo de la comarca del "Anoia", en la Cataluña, en donde estuvo casada y procreó diez hijos, la mayor parte de ellos varones y solo dos mujeres. Agua, sol y tierra era todo lo que se ocupaba en aquel lugar, eso y las ganas de trabajar, eran la receta perfecta para la felicidad total, viviendo de lo que cultivaban, alimentando a su ganado, nunca les falto nada y los días pasaron como uno solo, hasta que el destino quiso ponerle fin a la vida de su compañero, después perdió a un par de hijos varones, los mayores, los otros abandonaron su hogar en búsqueda de un futuro diferente, las hijas se casaron y emigraron a otras tierras y así se fue quedando sola, resignada a terminar sus días junto con el verano, cuando una tarde, una de sus hijas que vive en Barcelona la visitó, y con mucho trabajo la convenció poco a poco de salirse de su encierro para que viajara con ella hasta la gran Ciudad, prometiéndole trabajo y una mejor vida. Ya habían pasado cinco años desde que dejó Piera, viviendo de lunes a sábado en una pequeña habitación en la finca del Paseo de Santa Madrona, y el domingo después de preparar y servir el desayuno, dejaba la casa y pasaba la tarde con su hija, quien vivía en el Distrito de Ensanche no muy lejos del centro de la Ciudad, y hasta el día siguiente muy temprano, casi de madrugada, con un café en el estómago iniciaba su recorrido hasta llegar puntualmente a las siete de la mañana a su trabajo.

Era tal la narrativa de aquella ama de llaves, sobre todo cuando hablaba de su terruño, que él no soporto más la tentación de conocer aquel singular pueblo, pero sobre todo quería conocer la casa en donde vivió Luciana. Sentía una fascinación por empatar las historias que le había contado, con los lugares en vivo y a todo color, por lo que un día, sin pensarlo mucho, le comunicó su deseo, le dijo que esa semana visitaría Piera y le pidió que le indicara el lugar preciso donde se encontraba su casa, Luciana contuvo la respiración unos segundos y después dibujo en todo su rostro una expresión de felicidad;

— *Con todo gusto,* dijo ella;

Y rápido le proporcionó todos los pormenores para que llegara sin problemas hasta la mismísima puerta de su casa, y no solo eso, del interior de una banda de tela que usaba como faja alrededor de la cintura, sacó un pequeño monedero color café, de piel, muy despacio giró el botón que permitía abrir el bolso, y de su interior saco una vieja llave;

— *Tenga, si es su deseo, puede pasar a su humilde casa, a de disculpar el polvo, hace más de cinco años que nadie ronda por ahí, pero disponga Usted de ella;* con voz suave dijo Luciana.

Con la misma sensación de cuando recibió las llaves de su primer auto, agradeció con afecto maternal aquel enorme gesto y armado con una buena cámara fotográfica, una maleta ligera y una enorme sonrisa, al día siguiente muy temprano se dirigió a la estación para tomar el primer tren…

Calle del Sol número 1143 casi esquina con Calle de Cubeta, en Castell de Piera. Fueron las primeras palabras que pronunció al llegar a su destino, el taxista hizo un movimiento afirmativo con su cabeza y comenzó a manejar con dirección a las afueras de la Ciudad.

Cuando el chofer le informó que habían llegado, después de pagar rápidamente el servicio, descendió del taxi, que había parado frente al 1143 de la Calle del Sol. Se quedo un par de minutos contemplando la fachada de aquella casa, contrastaba bastante con los alrededores, era una casa antigua, de una sola planta, el frente que daba a la estrecha calle estaba conformado por unos cuarenta metros, de los cuales solo diez o doce formaban la vivienda, el resto era una barda que continuaba hasta el límite de la propiedad, la parte que correspondía a las habitaciones se veía muy descuidada.

Casi todas las calles que circundaban el lugar eran muy estrechas, revestidas de asfalto nuevo, y a diferencia de las otras casas antiguas que había por el lugar, ésta se encontraba en un evidente descuido y falta de mantenimiento, como se lo advirtió Luciana, aún así era sorprendente, desde el frente podía mirar por encima de la barda que tan profunda era la propiedad, la cual rondaba los ochenta o cien metros, la hierba rozaba el borde del techo de dos aguas que cubría la casa, también podía ver las copas de un par de árboles bastante viejos, pero muy frondosos. No quiso esperar más y se dirigió a la puerta de entrada palpando la vieja llave que guardaba en el bolsillo del pantalón, tras una última mirada a aquella fachada blanca con adornos en tonos que alguna vez fueron dorados, con algo de dificultad metió la llave en la cerradura y la giró hasta que se destrabó el cerrojo.

Era una tarde bastante soleada, la cantera y los colores claros de las edificaciones cercanas duplicaban el reflejo y la luz, por lo que al abrir la pesada puerta de madera, solo pudo percibir obscuridad total, frio y un húmedo y característico aire, pero poco a poco, como quien no quiere acabarse un postre, fue dando pasitos pequeños, sin prisa, esperando que sus ojos se adaptaran a la obscuridad y así fue descubriendo un fragmento de la casa a la vez.

Con mucho cuidado abrió las puertas de madera que cubrían las ventanas, la luz ahora entraba como un rayo enorme que pasaba por arriba de la tarja y golpeaba directo la esquina de una pesada mesa rústica. Ya comenzaba a distinguir donde se encontraba parado, era una sola pieza larga, rectangular, con algunos cuadros viejos llenos de polvo que colgaban de las paredes, fotos y pinturas, familiares de Luciana, quizá.

Además de la mesa y los cuadros, había una alacena, varias sillas igualmente viejas, una chimenea con una estufa de leña y unas canastas colgadas del techo, y toneladas de polvo.

El piso de tablones producía un sonido casi melódico al caminar, uno tal que se prolongaba por la amplitud de aquella caja de resonancia gigante.

Hipnotizado por la extraña melodía, abandonó el tiempo presente y comenzó a recrear en su mente las historias que su ama de llaves sabrosamente le contó, imaginó a Luciana y a su familia cocinando, comiendo, platicando en aquella mesa, conviviendo. Se encontraba en otro tiempo, en otro espacio, en otro mundo, y lo estaba disfrutando cuando el "Biiipp" de su teléfono móvil lo trajo de nuevo a la fría realidad.

Luego de contestar algunos mails continuó recorriendo la casa, cautivado por la simplicidad y la calidez que de ella emanaba, aún en el estado en el que se encontraba. No supo en qué momento el sol comenzó a ponerse, él se encontraba ahora en un pequeño desván que descubrió en la habitación que seguía al salón principal, se encontraba completamente vació, pero igual le pareció cómodo y acogedor, así que se acomodó junto a una ventana desde donde observó los últimos rastros del sol, sacó su ordenador portátil de su mochila, verificó la recepción del servicio de internet y trato de volver a la realidad, pero pasó un largo rato solo observando la pantalla sin prestar atención, inmóvil. Cuando miró de nuevo por la ventana, la noche reinaba ya, cerró y apartó la computadora, se recostó directo sobre la madera, tomó la mochila como almohada y se dispuso a contemplar el mar de estrellas que brillaban a través de la ventana, no quería estar en otro lugar que no fuera ese.

El frío y el hambre lo despertaron al día siguiente, apresurado salió en busca de comida. Almorzó y deambuló por las callejuelas del pueblo, compró algunos víveres, unas mantas y regreso a la Casa del Sol. Inmerso por completo en su conciencia, al borde tal vez de un cierto grado de locura, durante los próximos veinte días hizo de la vieja casa su morada...

Por las mañanas temprano salía con su cámara hacia las zonas rurales cercanas y contemplaba las granjas y la vida de los que las habitaban, para su sorpresa algunos poseían toda una industria agrícola, pero su forma de ser y de vivir seguía siendo sencilla, tranquila, muy similar a la de Luciana. Otros vivían casi de manera natural, como los árboles a la orilla del río, sin que nadie los cuide ni los procure ahí permanecen frondosos, generando su fruto, activos, así podía ver parejas de ancianos que parecía que tuvieran más de cien años de edad, solos por completo, pero de pie, inexplicablemente auto suficientes, satisfechos y felices.

Algunos paisajes y escenas los capturaba con el lente de la cámara, pero otros los reservaba solo para él, era el privilegio de estar en primera fila. Por la tarde rondaba algún café o una banca de un parque y conversaba con extraños. De camino a la Casa del Sol disfrutaba los olores, sabores y colores, a cuero, tabaco, vino, queso, leña, metal, oxido, humedad, flores, heno, cantera y piedra.

Con el frio del alba en la espalda caminaba con paso apurado hasta la vieja casona, donde se refugiaba de todo, acomodado sobre unas mantas, con la cara siempre de frente a las estrellas, y continuaba su viaje aventurado recorriendo los lugares más remotos e inaccesibles de su conciencia...

Le fue difícil dejar la casa pero ya era hora, quizá algún día regresaría, quizá no, lo que si era seguro es que él no volvería a ser el mismo.

# CAPITULO IV

Las estancias en Nueva York y México cada vez fueron menos frecuentes y distantes, pasaba la mayor parte del año en España inmerso en asuntos "personales" como él prefería llamarlos.

La última ocasión que estuvo en la Gran Manzana fue testigo de una celebración muy particular, festejaban la muerte del enemigo público número uno (en turno) de los Estados Unidos de Norte América, el Talibán Osama Bin Laden. Con todo y la algarabía prefirió quedarse al margen de la celebración y no pudo evitar sentir algo de nervios al mirar por la ventana del edificio y divisar a lo lejos las luces de un avión que cruzaba el cielo nocturno.

En México las cosas no fueron más agradables, a donde quiera que iba y en todo momento debía ser acompañado por un fuerte dispositivo de seguridad, que a decir verdad lo incomodaba de sobremanera, constatando en carne propia la opinión que se tenía de su país en el extranjero.

Marchas por todas partes, unas por la paz, otras por la guerra, política y algunas más no entendió por qué, pero sí comprendió el estado caótico en el que se encontraba un país azotado más que por la delincuencia, por la irresponsabilidad, la falta de valores, la ignorancia, el egoísmo, la desobediencia, la corrupción y el mal gobierno. Un gobierno tan soberano elegido por el pueblo, nacido del pueblo, de la democracia, pero que ha crecido sin educación, sin conciencia y sin valores humanos.

Un país donde su gente saludaba al extraño como si lo conociera, donde abundaban las flores, los sabores, la música, las

23

calles empedradas llenas de historia, callejones románticos y playas
perfectas para naufragar, el mismo que ahora lo ocupan soldados
y policías anónimos, armas cortas y largas están para siempre en
la memoria de los niños que crecen y que distinguen con mayor
facilidad una AK – 47 de un R – 15 que una águila de un halcón.
Muchos te dirían que un halcón es alguien que trabaja con los malos,
que es el que les echa aguas, el que vigila.

No podía ocultar su tristeza y preocupación, aun con su vida
resuelta y abundante dinero, no quería seguir siendo parte de ese
mundo acelerado que no se detiene, estaba dispuesto a bajarse
del tren y tomar otro camino, uno que lo llevaría en la dirección
opuesta...

Apenas llegó a Barcelona, sus amigos ya lo esperaban en el mismo
bar donde acostumbraban reunirse, además de la plática cotidiana
solían tratar un tema que interesaba a todos, una idea, un proyecto
a futuro del que querían ser parte. El grupo estaba integrado por
seis miembros incluyendo al joven empresario mexicano, todos eran
profesionistas, los había unido en un principio, la admiración por el
arte, la historia, la música, los viajes, la soledad, el amor y la cerveza.

Todos compartían la idea, que la sociedad era parte de una loca
carrera por alcanzar su propia destrucción, y que se encontraba ya
muy cerca de la meta. El poder mal ejercido, el mal gobierno, la
inseguridad y la pobreza eran solo el exterior del auto de carreras,
pero el motor, la verdadera fuente lo constituían la falta de
principios, valores y educación, la ignorancia y el egoísmo.

Pero cómo encontrar una forma de reiniciar, de volver a una
etapa en donde las buenas costumbres y los valores daban resultados,
cómo volver a ser más humanos, mas sociables, sin caer en un
retroceso, en un socialismo autoritario o en un comunismo utópico,
y menos, en un fanatismo religioso.

Desde el fallecimiento de su padre, abundaba en él un
sentimiento que le hacía ver lo predecible que sería su futuro de
seguir sus pasos, pero también sentía que estaba preparado para

emprender una nueva y personal empresa, quizá una no tan lucrativa como las que ya tenía, o nada lucrativa, pero un millón de veces más satisfactoria.

Esa noche en el pequeño Bar, se dispuso a compartir con sus compañeros una idea que desde hacía varios meses rondaba por su cabeza, y ya era hora de sacarla del empaque para ver si funcionaba.

__*Antes que nada*; dijo, *no piensen que quiero que el pasado o la era del hierro regresen, muchos menos los años sesentas, los hippies, comunas, mariguana y el LSD, que bueno, algo de eso existe aún pero yo no estoy pensando en eso, podrán también confundir en principio esta idea con algún estilo de vida mormón, menonita, bautista, luterana o que se yo, pero tampoco se trata de eso, aunque no puedo negar, porque será evidente, que de una u otra forma exista un parecido con todo esto, y la razón es básica, tan básica y sencilla como debe ser la vida, como trabajar para tener casa, alimentación adecuada, vestido y familia. El problema es;* continuó, *que en la actualidad existen mil y un factores que afectan el desarrollo de una sociedad, y mientras más grandes son éstas, mas son los problemas que trae consigo, porque debemos recordar que cualquier sociedad debe tener un territorio, una población, un orden y un gobierno, hablando en el sentido más básico de la sociedad, y si cuenta con estos elementos indispensables veremos, como ha ocurrido a lo largo de la historia, que dicha sociedad florece y es ejemplo para las demás. El problema es cuando falta algún elemento esencial, que por lo general será siempre, el gobierno, el orden o la población, pero cuando fallan los tres al mismo tiempo, estaremos hablando de tiempos terribles, difíciles, y más bien, contemporáneos.*

Sin dar tiempo a replicas y cuestionamientos, continuó empapando con sus ideas al auditorio presente;

__*Qué hace la gente hoy en día, cómo vive, o cómo sobre vive, trabaja, estudia, se prepara, ayuda, o roba, mata, extorsiona y se aprovecha de los demás. Guerra, pobreza, riqueza, revolución, abuzo y mal uso del poder, han existido a través de los tiempos, existes sin embargo países y momentos en donde tras un muy largo y costoso aprendizaje, a través de siglos o incluso miles de años, y han podido reinventarse poco a poco, pero solo con una conciencia social muy profunda y verdadera, con un sentido muy arraigado y propio de* *su identidad como grupo, como sociedad, como nación, y en el beneficio de los demás, han sabido alcanzar el beneficio propio. Desafortunadamente no es el caso del estado en que se encuentra mi país, ni muchos otros alrededor del mundo, la sociedad se ha convertido en una suerte se célula cancerígena cuya parte nuclear es la ignorancia, la falta de respeto, el egoísmo, la falta de afecto al prójimo, la irresponsabilidad, y la ausencia de valores.*

Agregó con firmeza a su discurso, que al igual que en la enfermedad, el cáncer cuando no se detecta a tiempo, resulta altamente fatal, y el tratamiento es tan doloroso como el padecimiento, las esperanzas siempre son pocas e inevitablemente afectan la calidad de vida.

*___ Revolución, golpe de estado, intervención extranjera. Tantas y tantas cosas hemos visto a lo largo de la historia, y todo por un mal ejercicio del poder, incluido el poder que ostenta la religión. Hemos visto como se derroca a un tirano, pero nunca logramos ver la recuperación y el franco bienestar de esos países eternamente en guerra. En países como el mío, en donde el Estado se ha convertido en una jugosa empresa particular, manejada por unos cuantos, con el único propósito de obtener beneficio propio, dando shows, pan y circo al grueso de la población, aprovechándose de la ignorancia para mantenerse en el poder, pero jamás buscan incrementar el nivel y calidad de vida de los gobernados, pues les resultaría peligroso. "Nos han conquistado mas por la ignorancia que por la fuerza"; como bien lo dijo un verdadero libertador sudamericano, y seguimos cayendo en el mismo error. Alguna vez nuestros antepasados españoles conquistaron tierras de guerreros con espejitos, mentiras, intrigas y enfermedades, pues hoy en día votamos y elegimos a nuestros gobernantes conquistados por un comercial, por la mejor sonrisa, por la mejor foto, por el resultado de una encuestas previa, por una cumbia pegajosa, o por un bailecito, porque es menos malo que el otro, por un salero, una playera, un calendario con foto y todo, por la canasta con alimento, el jueguito de la lotería, vales etc.*

Tras varios segundos en silencio, observo atento a los ojos de sus amigos, dio un par de sorbos a su de cerveza para humedecer su garganta y continuó;

_Debemos actuar de manera inmediata, pero ya no debemos actuar solo con la fuerza, ha llegado el momento de hacer la diferencia, es la hora de sembrar una semilla que desde el anonimato comience a germinar, afianzándose firme y fuerte, para luego entonces poder emerger hasta lo más alto, para que cuando sea visible a los demás, sea imposible detenerla._

Él vendería todo lo que poseía, empresas, negocios, bienes heredados de su padre, que a su vez había heredado de su abuelo que a su vez heredó de su bisabuelo y de más. Después de eso se retiraría para emprender una nueva vida, y sus amigos estaban invitados a seguirlo. Cuando les comunicó esto, todos permanecían en silencio, a decir verdad unos incrédulos y otros confundidos. Dejaron correr el tiempo para ver si se trataba de una broma o para que les aclararan lo que escucharon, pero el tiempo pasó y nada sucedió. Incluso uno de ellos soltó una carcajada, dando por hecho que el comentario era broma, otros quisieron seguir la risa pero por el gesto que tenía la cara de su amigo, se dieron cuenta que hablaba en serio.

De nuevo el tiempo hizo lo suyo y todo fue calmo otra vez, ahora las sonrisas de los rostros se convirtieron en duda, en incredulidad y hasta en sospecha de locura. Su multimillonario amigo se había convertido en un excéntrico loco que ahora quería ser pobre o hippie, pensaban.

_____ _Tranquilos, no me miren así._ Dijo con voz calmada, seguro de haber capturado ya toda su atención… _no pienso regalar mi dinero, ni quiero ser el mas altruista del mundo, y no voy a fundar una organización mundial de ayuda para gente en extrema pobreza, niños con cáncer o sida, no, recuerden que soy un empresario de rancio abolengo. Mi plan es mucho más ambicioso y no se trata solo de dar, se trata más bien de hacer y enseñar a hacer. Quiero crear una nueva empresa, diferente a todas las que mis antepasados y yo hemos construido antes, y si todo sale bien, podremos contribuir al menos en parte, a que este mundo sea mejor._

Después de dar otro trago largo a sus bebidas, esta vez, todos se acomodaron en sus asientos atentos para escuchar la propuesta de su amigo.

Durante cuarenta minutos no dejo de hablar, hacia dibujos en el aire, enfatizando posturas con la mirada, nadie lo interrumpía, hasta que él mismo, haciendo un primer cierre de telón, guardo silencio por unos segundos esperando las opiniones de sus amigos. Poco a poco empezó a tomar forma aquella idea, aquel papel sensible a la luz fue revelando la imagen, y de una u otra manera, todos los integrantes del equipo fueron encajando a la perfección, hasta que la última pieza del rompecabezas fue colocada.

Para ese entonces un empleado del pequeño bar les hizo llegar la cuenta sin que la hubieran solicitado, ya era la hora de cerrar, sorprendidos por la hora y lo rápido que el tiempo transcurrió sigiloso, apresuraron para establecer la fecha de la próxima reunión, la primera reunión de trabajo.

# CAPITULO V

*B ien venidos a mi tierra.*

Con un tono no muy convincente el líder del equipo se dirigió a sus compañeros.

Al día siguiente de haber quedado libre del compromiso que lo ataba a su antigua vida, reunió al equipo en la casa de la colonia Condesa para afinar detalles de su próximo trabajo y muy temprano por la mañana abordaron un auto rentado que los llevaría hasta el aeropuerto capitalino.

Un destino con rumbo del sur de México se encontraba impreso en sus boletos, el vuelo sería corto, la estancia no tanto, era su primer viaje de reconocimiento, su primera impresión.

Coatzacoalcos era su primer destino, desde allí se trasladarían por tierra hasta las zonas geográficas que habían elegido, zonas muy remotas enclavadas en las montañas. San Juan Bautista Tuxtepec, Playa Vicente, Abasolo del Valle, Yogope, San Juan Ozolotepec y Texixtepec. Pueblos y pequeñas ciudades que habían venido estudiando en planos, imágenes satelitales, libros viejos, cartas y registros catastrales, pero ahora tocaba el turno de hacerle al explorador moderno, aventurero y hasta conquistador.

Apenas aterrizó su aeronave, ya los esperaba una pequeña comitiva conformada por cuatro personas, quienes serían sus guías y medios de transporte. Abordaron dos todo terreno tomando la ruta con dirección a Acayucan, lugar en donde pasarían la noche para descansar un poco, antes de internarse en la montaña.

Con un agradable clima, arquitectura colonial, la calidez de la gente y lo bello del lugar, el equipo de aventura no hizo más que llegar y comenzar a disfrutar su nueva empresa. Y qué decir del Chilpachole de Jaiba, el Molito con carne de puerco y camarón que esa tarde merendaron, con su respectiva cervecita mexicana, bien fría claro.

Con solo veintitrés grados de temperatura la tarde fue extinguiéndose hasta convertirse en una agradable noche, organizados en una pequeña terraza con palapa, afinaban los últimos detalles del itinerario que habrían de afrontar al día siguiente con los primeros rayos del sol.

En Texistepec realizarían los primeros estudios al suelo, revisaron las dimensiones territoriales y comprobaron la autenticidad de los documentos. Miles de hectáreas estratégicamente ubicadas en planicies, riveras de ríos y faldas de las montañas fueron adquiridas poco a poco por el nuevo consorcio. A lo largo de ocho meses realizaron múltiples tareas, pero lo más difícil fue sin duda el factor humano, las comunidades llenas de miles de ideas y pensamientos diferentes, idiomas diferentes, religiones diferentes. Sin embargo compartían, afortunadamente, las mismas necesidades y padecían las mismas carencias, allí se encontraba la clave para el éxito del equipo.

Las comunidades más lejanas mostraban una particularidad, estaban integradas principalmente por adultos mayores, mujeres y niños, los varones jóvenes y adultos de entre quince y cuarenta años eran muy escasos, consumados emigrantes de la necesidad.

Descubrieron que aun y cuando en el pasado, la situación no era muy diferente en cuanto a la ausencia de varones jóvenes y adultos, pues ya en aquellos tiempos emigraban a la capital o a los Estados Unidos para obtener mejores ingresos y ayudar a su familia, sin embargo antes, si encontraban trabajo, la mayoría de ellos enviaba remesas de dinero a sus familias, o regresaban de cuando en cuando cargados de cosas y buenas noticias, y finalmente tarde o temprano regresaban a su tierra para terminar sus días. Pero eso no pasa más, hoy solo se van, dejando todo en el abandono, nunca regresan, no se sabe a dónde se fueron o si llegaron con bien, ya no mandan dinero ni traen regalos. Las mujeres y los ancianos tienen que trabajar el campo o en lo que puedan, para no morir de hambre.

A simple vista el panorama se antoja difícil para todos, pero con el liderazgo adecuado y un poco de suerte, el factor humano, sobre todo las mujeres y la extraordinaria cantidad de niños y niñas en cada comunidad, confiaban en que el proyecto pronto alcanzaría un éxito sorprendente.

Continuando con su recorrido, al final de un extenso y verde bosque montado sobre una planicie flanqueada por una alta muralla montañosa, en un pequeño claro en donde aluna vez reinó un cacique, encontraron el lugar perfecto para iniciar el verdadero viaje.

Esta propiedad era una de muchas que adquirieron para desarrollar su plan, y por su ubicación, acceso e importancia fue escogida como punto de partida. El poblado más cercano se encontraba a tres horas en automóvil, manejando por un sinuoso camino de terracería, y como a cinco horas de la cabecera municipal más próxima, lo que dificultó un poco el inicio de las obras de construcción, pero en corto tiempo se logro mejorar el acceso, se desmontaron algunas hectáreas extra en el claro de la hacienda y se construyó en el centro un pequeño edificio, el cual serviría de base de operaciones temporal para el desarrollo del proyecto.

Un rectángulo de treinta metros de frente por cincuenta de fondo, construido de ladrillos elaborados en la región, techo de dos aguas de lámina sostenido por una estructura de madera, con diez pequeños departamentos en su interior, rústicamente amueblados, un comedor comunitario y una sala de juntas con una pequeña oficina adherida. La base de operaciones estaba completa y lista para comenzar.

Un estilo de vida simple, funcional, recordando y respetando las bases de la sociedad, el orden, la solidaridad y la hermandad.

La moral está en el interior de cada quien, pero es el respeto a los demás lo que realmente hace que una sociedades perdure sana.

Convencer a los lugareños para que se dejaran ayudar de una forma distinta a las que conocían, fue la tarea más difícil. Acostumbrados a que cuando recibían alguna ayuda, que casi siempre provenía de partidos políticos o del gobierno, solo era en épocas electorales, luego no volvían a saber de ellos, hasta las próximas elecciones claro.

Con pequeños pasos el cambio se fue dando, imperceptible al inicio, inocultable después.

Se aprovecharon los recursos y las habilidades natas de cada región, la economía natural broto de inmediato en todas las patronas de los rincones más lejanos de la sierra. La administración tampoco se hizo esperar, y aunque algunos pocos se opusieron al cambio, en su mayoría varones, lamentando incluso algunas bajas y daños colaterales imposibles de evitar, pronto se resignarían, ya por la minoría, ya por la vejez, por el hambre o por obra divina, y todo comenzó a fluir.

Con mucho entusiasmo y esperanza se inició la búsqueda de nuevos integrantes del equipo, gente que coincidiera con ellos en sus ideales, personas con gran sentido humanitario. Así sumaron otros compañeros con quienes compartirían la tarea de hacer crecer una comunidad limpia y tranquila, lejos del desesperado tren que arrastra al mundo moderno a su destrucción. En su mayoría jóvenes profesionistas de todas partes del País y el extrajero, especializados en diversas áreas, médicos, agrónomos, economistas, administradores, químicos y técnicos capacitados en una muy amplia gama de oficios. Todos ellos con un compromiso y convicción común, las ganas de estar, participar e integrarse a esa nueva forma de vivir, o a esa antigua forma de vivir.

La agricultura florecía en abundancia, tan rápido que más pronto de lo esperado comenzó a dejar considerables ganancias y niveles de sustentabilidad por encima de los esperados. La excelente ganadería complementó un sistema nutricional óptimo y garantizado.

Se mantuvo con sumo cuidado el sentido de la propiedad en las personas, tanto que se les entregaba una especie de titulo que aseguraba la propiedad del espacio que ocupaban dentro de la villa, todo a costa de su trabajo.

Comenzaban con un pequeño rectángulo de tierra en el que con ayuda de técnicos y materiales elaborados por ellos mismos, construían pequeños espacios que les permitieran vivir cómodamente. Solo estrictamente lo necesario para vivir tranquilo y seguro.

En un principio muchos de los productos agrícolas que generaban así como minerales, tabiques, telas y alfarería, eran comercializados a las ciudades cercanas, después a las no tan cercanas, y hasta llegaron a exportar algunos de sus productos. Pero con el correr de los años, y una vez alcanzada la primera etapa del proyecto, inicio el proceso de desconexión y poco a poco fueron perdiendo contacto con el mundo exterior y se concentraron hacia el interior de su ser, de su naturaleza y su sociedad.

El aislamiento natural provoco en un principio el anonimato y poco después el olvido. La pequeña villa no tenía murallas construidas por los pobladores, solo existían las barreras naturales que ofrecía el lugar, algunos altos peñascos y caudalosos arroyos integraban el perímetro de aquel hermoso paisaje.

Con el tiempo la naturaleza reclamó el espacio perdido y aquel amplio camino que en un principio sirvió de entada y salida, fuente de comercio y vía de comunicación, pasó a ser una simple y angosta vereda, casi imperceptible.

Habían pasado ya trece años desde aquel primer día en que colocaron la primera piedra del salón comunitario, ahora contaban con un total de ciento cincuenta y dos familias viviendo tranquilamente, las reglas eran simplemente, simples. Religión, gobierno, normas, leyes, orden, todo iniciaba y se aplicaba hacia el interior de cada familia, cada líder, hombre o mujer, era su propio gobierno, su propia ley y sus propias creencias, pero todos guardaban respeto hacia el exterior, con sus hermanos y vecinos, con toda la comunidad y con la vida misma, porque ya lo habían comprendido.

Sin fanatismos ni falsa democracia, todos los habitantes veían al grupo original que comenzó el proyecto como sus líderes y autoridades, aunque ellos preferían ser solo guías o mentores, y hermanos.

Nadie imponía reglas, pero todos custodiaban el respeto y difundían los mejores valores humanos. No eran inmunes a los conflictos, discusiones y problemas propios de los humanos, pero era la forma de afrontarlos y resolverlos lo que los hacia diferentes.

Todos los niños que vivían en la sociedad habían nacido ahí, y los adolecentes crecieron conjuntamente con el progreso de aquel hermoso lugar, era un nuevo comienzo, ellos no habían vivido maltratos, discriminación ni miseria, y solo conocían estos conceptos por relatos que sus padres o cualquier adulto les contaba, a manera de advertencia y enseñanza.

Un hospital, una hermosa plaza en el centro de la villa, extensos campos agrícolas, ganaderos, procesadoras de alimentos, fabricas textiles y de materiales para la construcción, una planta hidroeléctrica, tecnología solar y todo para cubrir las necesidades más indispensables. Y más de cien acogedoras y cálidas casitas que hacían del paisaje una bella postal.

Extensos y frescos cafetales, arrozales y milpas daban fuerza, olor y sabor a la región. Animales de granja, las mejores truchas de cultivo y miles de árboles frutales de diferentes tipos. Dese el alba hasta el ocaso las fragancias inundan la Villa, reliquias de un pasado mexicano lleno de sabor a leña, barro y yerba fresca, a maíz, café y arroz dorándose en manteca y ajo en punto del mediodía.

Cuando cumplieron trece años de vivir en armonía, decidieron desconectarse totalmente del mundo exterior, y acordaron que un comité revisaría esporádicamente una frecuencia de radio satelital y el internet, solo para actualizar el estado de lo que sucedía afuera. Así transcurrieron cinco años más.

Aquel joven que quiso cambiar el rumbo de su predecible futuro ahora moldeaba su propia familia, dos hermosas niñas y una adorable compañera con quien había compartido un poco más que la empresa que en principio los reunió.

De vez en cuando, el recuerdo de un mundo en decadencia le inquietaba el pensamiento, y aunque se esforzaba para dejarlo por siempre en el olvido, el destino lo enfrentaría con él una vez más.

Cada vez fue desapareciendo el interés por saber que pasaba más allá de las fronteras de la villa, y la tarea de los que se encargaban de averiguar se fue haciendo más y más distante. Hasta que un día no lograron conectar ningún tipo de señal ni comunicación, cosa que en ese momento no los preocupó y lo dejaron así. Pero al pasar el tiempo se dieron cuenta que no había sido un problema momentáneo, tras cientos de intentos no pudieron encontrar ninguna señal, solo silencio.

Revisaron sus equipos y no encontraron fallas, algo más pasaba afuera. Si los aparatos estaban bien, qué ocurría, era extraño que el teléfono satelital estuviera tanto tiempo sin señal, no tenían idea de lo que sucedía pero comenzaba a inquietarlos, más aún porque las ultimas noticias que habían escuchado hablaban de guerras civiles y revoluciones, golpes de estado en todos los continentes, crisis mundiales, genocidios, ingobernabilidad y corrupción total, anarquía y auto destrucción.

Por más que intentaron no lograron hacer contacto, era hora de salir del paraíso y echar una vistazo por los alrededores.

Se alistó un pequeño grupo integrado por cinco miembros de la comunidad, Victor seria parte de la expedición. La meta era aproximarse a las poblaciones más cercanas y de ser posible llegarían hasta las primeras ciudades, esto les llevaría al menos un par de días.

Desempolvaron un todo terreno, que si bien no era nuevo, estaba conservado en perfecto estado pues prácticamente nunca lo usaban. Contaban con un suministro de combustible importante, el cual habían almacenado a lo largo de los años, reservándolo solo para las emergencias, así que no fue problema abastecer el vehículo.

Al principio les costó algo de trabajo atravesar la espesura de la maleza, había pasado mucho tiempo desde la última vez y el camino principal que conectaba la villa con las poblaciones más cercanas había desaparecido, solo la buena memoria del conductor los sacaría de ahí.

Pasadas cuatro horas de un lento andar a través de camino agreste, comenzaron a distinguir lo que deberían ser los primeros indicios de las comunidades vecinas, pero éstas habían cambiado mucho desde la última vez. Tan solo ruinas y estructuras abandonadas, cubiertas por una densa vegetación, ningún ser humano, tampoco animales de granja.

Al continuar su viaje descubrieron que el mismo panorama imperaba en las siguientes poblaciones, la ausencia de habitantes y el silencio era todo lo que encontraban, además de ruinas devoradas por la selva.

Seguro emigraron hacia las ciudades, pensaban, así que continuarían hasta llegar a Tuxtepec. Durante todo el trayecto trataron sintonizar alguna frecuencia de radio o celular sin tener éxito, la noche los había alcanzado, el silencio era aún más grande e intimidante.

Al aproximarse a la entrada de aquel pintoresco poblado, el terrón asaltó de pronto los sentidos del grupo explorador.

# CAPITULO VI

−*N*oticias internacionales, toda Europa en crisis. -África sucumbe ante el hambre y la guerra sectaria. -Estados Unidos cierra sus fronteras, México y Centro América se convierten en tierra de nadie, narcotráfico, drogas y violencia. -Sur América sucumbe ante el embate de la naturaleza y los golpes de estado. -Las nuevas potencias asiáticas resurgen sedientas de venganza, su memoria permaneció insoluta. -Alemania vuelve a las armas. -La camaradería Rusa despierta.

La desesperación total y una obscuridad profunda, inundaron las pupilas de las primeras víctimas...

Frente al pequeño escritorio de una sucia y desordenada habitación, en el séptimo piso de un condominio de clase baja, en algún sobrepoblado lugar del mundo, apenas subsisten unos pocos restos humanos. En vida no pesaba mucho más de lo que es ahora, uno de millones de jóvenes que caminan solitarios por las calles, de regreso a casa, después de un día más en la vida estudiantil pública.

Su imagen a pesar de ser distinta a la mayoría, pasaba desapercibido con facilidad, pocos sabían su nombre y nadie sus dos apellidos. Los días parecían largas horas frente a sus ojos, siempre igual, misma ropa, misma comida, la misma música, el mismo guion todo el tempo.

Una sudadera gris con capucha siempre sobre su cabeza, aún en los más calurosos días, era su hábitat, su propio ecosistema donde escondía su rostro, su color de ojos, su cabello que al parecer era largo y algo rizado, o pudo no serlo. De hombros encogidos que hacían juego en dimensión y forma con su cadera que luchaba para mantener el pantalón en su sitio, que casi siempre era obscuro, entubado sobre sus largas y delgadas piernas que lo hacían parecer una de las sombras de la caverna de Platón.

Su habilidad extrema y natural para las matemáticas no le alcanzaba para ganar popularidad en la escuela, por el contrario generaba una cierta sensación de temor, lo cual llegó a disfrutar. A su corta edad y sin haber recibido una educación de calidad, ya dominaba por completo el universo de las computadoras y las redes sociales, y contaba con un importante arsenal electrónico adquirido en su mayoría por él mismo.

Desde su habitación, el centro de su verdadero universo, podía sentirse libre y conectado con el mundo, allí no era invisible, era influyente, importante, podía entrar y salir de mil lugares sin importar la etiqueta, administrar cuentas, personalidades, tener y crear cientos de miles de amigos y seguidores.

Como es común en los jóvenes estudiantes de clase media y baja de las grandes ciudades, pronto se convirtió en ferviente opositor a la represión del gobierno, marxista y socialista extremo, claro, todo desde la seguridad de su ordenador y su capucha. Sus comentarios, burlas y reclamos contra el mal gobierno pronto inundaron internet y todos los niveles de la Deepweb, atrayendo la atención de afines y antagónicos.

La era de la comunicación libre había llegado, pero pronto fue acallada, limitada, mutilada, maquillada, reemplazada. Una nueva cacería, ya no de brujas, sino de jakers y de administradores de redes sociales, periodistas independientes y toda persona que divulgara atropellos e injusticias del gobierno o de los criminales, fueron blanco de ataques, los silenciaban, algunos para siempre. En su lugar solo se podía ver abundante publicidad política, *realitys* de bailarines y cantantes, telenovelas y más telenovelas, todas con boda al final.

# CAPITULO VII

Aquel lugar se encontraba en completa obscuridad, como si un gran apagón hubiera dañado toda la infraestructura eléctrica del pueblo, pero lo que más llamó su atención fueron las dos camionetas que bloqueaban el acceso por la calle principal. Aparentaba ser una especie de reten militar o policiaco, por el tipo de vehículos y las señalizaciones que apenas se distinguían por la cubierta de polvo y la alta yerba.

El todo terreno se encortaba detenido frente al inesperado paisaje, en medio de la obscuridad, los tripulantes solo podían distinguir el área que la luz de su vehículo alumbraba, accionaron el claxon en más de tres ocasiones pero nadie respondió. Inmóviles, con el motor en marcha y listo para salir de allí en caso de haber peligro, pasaron más de veinte minutos tratando de distinguir alguna señal que les hiciera tomar una decisión.

El silencio se quebrantó con tenues mormullos, y tras una breve discusión tomaron la iniciativa de bajar dos personas del vehículo para inspeccionar un poco más. El líder de la expedición y un compañero que conocía bien la zona, salieron del vehículo y lentamente se aproximaron con linternas de mano hasta las unidades que obstruían el camino.

El pasto y la yerba les sobre pasaba las rodillas, al llegar al puesto de vigilancia, descubrieron con horror el peor de los panoramas. Entre la yerba, justo a los extremos de las camionetas se encontraban al menos seis cuerpos humanos o los restos de estos, vestidos con uniformes militares, unos volcados de frente al suelo y otros mirando al espacio, permanecían inertes, los pálidos huesos reflejaban la luz de la linternas, el hallazgo fue abrumador, generó temor y angustia en ambos exploradores, obligándolos a retroceder lentamente algunos metros.

Agazapados detrás de una de las camionetas, trataban de tranquilizarse y aclarar la mente, era obvio que los cuerpos no eran recientes, pero no sabían si la causa de esas muertes aun permanecía cerca.

Recordaban que antes de retirarse a vivir en la villa, eran comunes los enfrentamiento entre bandas criminales y las fueras del orden, escenas como esa aparecían todos los días en la prensa, pero ésta contaba con una particularidad, no había rastro de impactos de bala en ninguna parte, los vehículos estaban sin daño alguno, y las vestimentas de los cuerpos se apreciaban igualmente intactas.

Qué tipo de arma habría terminado con la vida de esos militares, lentamente los dos valientes se incorporaron, y con sus linternas trataron de mirar en el interior del vehículo que los resguardaba, cosa que no fue fácil debido a la gruesa capa de polvo que cubría los cristales de las ventanas, pero cuando su visión se aclaró, una nueva sorpresa los recargo de temor y confusión.

Postrados en la cabina, yacían los restos humanos de dos militares, solo calaveras inertes perfectamente acomodadas sobre los asientos, como si repentinamente, allí mismo les hubiera sobrevenido un estado de coma o que alguien hubiera acomodado los esqueletos en ese lugar.

Intrigados por el descubrimiento, instintivamente recogieron dos armas que permanecían a los costados de las mortajas, las revisaron, estaban intactas, completamente abastecidas, sin el menor rastro de haber sido usadas. Decidieron no adentrarse más en el pueblo y sin dar la espalda a la escena regresaron lentamente al utilitario para poner al tanto al resto del equipo.

Reunidos en el interior del vehículo, con el ritmo cardiaco visiblemente alterado, comenzaron a relatar la espantosa escena, sus compañeros al escuchar lo que ocurría y al ver las armas, presas del pánico los invadió el caos, gritos, discusión y el miedo, de pronto no lograban ponerse de acuerdo, y en la desesperación el conductor del vehículo trató de escapar a toda prisa del lugar, pisando el acelerador a fondo sin darse cuenta que había dejado la palanca de velocidades en reversa, lo que los impactó bruscamente contra un árbol, rompiendo el cristal de la puerta trasera del vehículo.

El accidente sacudió un poco más sus turbadas mentes, pero los hizo reaccionar, y por unos instantes permanecieron todos en silencio, después, con voz más calmada, alguien dijo...

__*Tranquilo, detén la marcha, tenemos que calmarnos antes de continuar, apaga también las luces, tengo un mal presentimiento...*

__*Crees que alguien nos observa...* cuestionó el conductor, aun nervioso.

__*No, algo peor, creo que no hay nadie en el pueblo, al menos no con vida.* Y agregó. *Tenemos que esperar hasta mañana, la luz del sol aclarara nuestras dudas. Faltan pocas horas para que amanezca.*

El conductor tardo un par de segundos en comprender lo que estaba escuchando, pero al final apago el motor y las luces del vehículo.

Las armas no estaban prohibidas en la villa, pero solo tenían unas cuantas que utilizaban de vez en cuando para la cacería y para sentir algo de protección extra. Sin embargo esa noche, usaron las que habían recogido de la escena para vigilar. Así permanecieron sentados en sus asientos, en silencio, hasta que vieron los primeros rayos de sol.

Decididos, acercaron el vehículo con mucha cautela hasta las unidades de los militares, y en esta ocasión todos descendieron menos el conductor quien permaneció abordo con el motor encendido. Retiraron una pequeña barricada que había sido colocada ahí por los militares, unos cuantos bultos rellenos de arena no fueron obstáculo para continuar.

De nueva cuenta todos a bordo del vehículo, se pusieron en marcha, el conductor tuvo que ser cuidadoso para no pisar los restos de un militar que yacía muy cerca del espacio por donde debía pasar el vehículo. Lo que les habían contado sus compañeros ahora lo veían con sus propios ojos.

La calle principal por donde se entraba al pueblo era una línea recta de algunos cuatrocientos metros, bruscamente interrumpida por una curva que más bien era una especie de escuadra. A solo unos veinte metros del reten militar de cada lado de la calle se encontraban unas bodegas, que parecían abandonadas, algunas tenían la cortina metálica levantada, pero el interior se veía obscuro.

El utilitario seguía rodando muy lento, apenas podía escucharse el ronroneo del motor y el rose del zacate que brotaba de entre el pavimento.

Pequeños corrales, todos vacíos, se observaban detrás de las casa, y al fondo de la calle, del lado derecho se podía ver una estación de gasolina. Conforme se fueron acercando a ella, fue creciendo su desconcierto, la atención de todos, de pronto se enfocó en las bombas expendedoras del combustible. En ellas se encontraban haciendo fila, esperando su turno, al menos media docena de vehículos, pero ninguna persona en pie.

Al igual que toda la calle, la yerba se erguía hasta la mitad de las puertas de los vehículos aparcados en la gasolinera, solo por breves espacios se podía apreciar el piso de cemento. El descubrimiento en la estación no fue menos abrumador que el del retén militar, ya que dentro de los vehículos había restos humanos, familias enteras en algunos de ellos, al igual que en los alrededores de las bombas, la escena no podía ser más horrenda.

Mientras se aproximaban a los vehículos, en el interior de uno de ellos se produjo un sonido grave y fuerte, una serie de golpes y fricciones que paralizaron el utilitario y la respiración de todos. De pronto un gigantesco perro salto por una de las ventanas de auto y sin dejar de ladrar, tal vez más asustado que los visitantes, corrió a toda prisa y se perdió entre las calles.

Había sido suficiente para todos, al menos por el momento. La incertidumbre de lo que pasaba en aquel lugar los devoraba además de aterrorizarlos. Temían que una enfermedad o epidemia fuera la causante de aquella catástrofe, lo que los ponía en riesgo inminente. Así que decidieron solo dar la vuelta y regresar a casa, allá pensarían con más tranquilidad las cosas.

Ese mismo día, poco antes de anochecer llegaron a la Villa, rápidamente descendieron del vehículo y se metieron a una de las oficinas del centro comunitario, ahí discutieron largo rato, y tomaron la decisión de aislarse del resto de los habitantes al menos un par de semanas para descartar alguna enfermedad adquirida durante el viaje, y giraron instrucciones a los demás miembros de la comunidad para que solo el personal médico los asistiera. Más tarde fueron trasladados a una sala especial del hospital, donde fueron monitoreados durante poco más de diez días, tiempo que les sirvió para planear el segundo paso.

# Capítulo VIII

Un día cuando regresaba de la escuela, distinguió en la distancia a unos hombres vestidos con trajes blancos de pies a cabeza, máscaras y guantes como si fueran astronautas. No se percató de los otros hombres que custodiaban el lugar con sus armas largas, hasta que llegó a la entrada del edificio en que vivía, seguía caminando cuando un policía lo detuvo.

A mitad de la calle justo frente a la puerta principal del edificio, se encontraba un automóvil deportivo de reciente modelo con las puertas abiertas, completamente destrozado por los impactos de bala, y un hombre en el interior cubierto por una manta blanca empapada de sangre.

El desafortunado conductor era el centro de atención de curiosos y periodista, debió ser alguien importante ya que las fotografías fluían desde todos los ángulos. Pero el sonido de un flashazo proveniente de otro lugar le hizo voltear hacia la acera más próxima a la entrada del edificio, ahí, la pared se encontraba igualmente llena de cientos de hoyos producidos por las balas que no hicieron blanco en su objetivo, y más abajo, otra sábana blanca ensangrentada cubriendo un cuerpo inerte, y una pequeña bolsa de papel estraza rota, regaba la fruta y el pan que contenía. La sábana no fue suficiente para cubrir por competo aquel cuerpo, y dejaba a la vista una delgada y marchita mano que ceñía en la muñeca un viejo y delgado reloj de correas de piel, el cual reconoció de inmediato.

Su abuela lo crio sola desde los cinco años de edad, cuando su madre soltera emigro a tierras lejanas con otra pareja para rehacer su vida, y nunca volvieron a saber de ella. Con una pequeña pensión y un esfuerzo sobre humano, aquella mujer se hizo cargo de su nieto lo mejor que pudo, ofreciéndole no más que un techo pequeño y la educación que estuvo a su alcance. A partir de los catorce años, él ya casi no hablaba con su abuela, ni con nadie más, sin embargo ella era su única familia y así la respetaba y quería a su manera.

Se quedó en silencio contemplando el inerte cuerpo, y luego de unos segundos lentamente comenzó a retroceder en un estado semiinconsciente, era incapaz de distinguir e interpretar sonidos, venían de todas partes y entre mezclados, pero mientras la impresión dilataba cada vez más sus pupilas, alcanzo a ver por el rabillo del ojo, como la gente ya reunida comenzaba a señalarlo, murmuraban entre dientes, apuntando con el dedo. Un vecino lo reconoció, pero no quiso acercarse a él y prefirió informar a las autoridades.

Un paramédico acompañado de un policía lo tomo del hombro y le pregunto su nombre.

___*Cómo te llamas y cómo te sientes...* Dijo el paramédico. El policía se paró justo frente a él, bloqueando la vista que el joven tenía de la escena del crimen.

___ *Lo sentimos pero tendrás que acompañarnos...* dijo el oficial. *Tienes que proporcionarnos unos datos para que nos encarguemos de todo...* agregó.

Sin decir ni una palabra el joven acompañó a los dos hombres hasta un vehículo oficial donde un hombre de traje y corbata le abrió la puerta trasera. La asistencia médica y la escolta que lo acompañaban no abordaron el auto que se dirigió rápidamente a una estación de policía.

Durante el trayecto nadie pronunció ni una palabra, el único contacto intentado fueron un par de miradas que el hombre del traje de vez en cuando hacia atreves del retrovisor, pero nunca encontró respuesta, el joven no dejo de mirar por la ventana, incluso cuando entraron en el estacionamiento subterráneo de la estación de policía.

Aparcaron cerca de una angosta y sucia escalera de concreto, ahí el hombre del traje descendió del auto y abrió la puerta donde se encontraba el joven. Al bajar, de inmediato sintió la ausencia de aire, en su lugar se encontraba una especie de sustancia incorpórea con olor a cartón mojado y ceniza de cigarro, la humedad y el calor acompañaban la marea de sensaciones que amenazaban con ahogarlo.

El piso de linóleo de los años 80´s, que revestía la planta baja no fue menos desagradable, ni el tumultuoso ir y venir de la gente que se cruzaba delante de ellos sin siquiera notar su presencia. Recorrieron ese piso sin detenerse hasta llegaron a otras escalera, un poco más iluminada que la primera, subieron dos niveles hasta llegar a una estancia con una pequeña puerta doble resguardada por una persona de edad avanzada que mal vestía lo que parecía ser un uniforme de alguna compañía de seguridad privada. El guardia descansaba en una silla pupitre de una sola pieza hecha de fibra de vidrio color azul rey, probablemente de la misma época que el piso de linóleo, y al ver al hombre del traje se incorporó de inmediato, hizo un pequeño gesto tipo reverencia y murmuró alguna palabra en un tono tan bajo que es probable que ni él mismo lo haya escuchado. De cualquier forma no fue correspondido, y el funcionario entró rápidamente en un estrecho pasillo, esta vez, los tacones de sus zapatos se ahogaban en una gruesa alfombra color café con leche, generando un sonido grave y hueco, el joven lo siguió hasta el fondo del pasillo donde se encontraba una puerta de aluminio con vidrio gota de agua, la cual estaba entre abierta.

___*Pasa y siéntate aquí, tardaré solo un par de minutos...* le indicó el hombre del traje al joven, señalando un viejo sillón forrado con vinilo imitación piel color negro.

Alrededor del sillón se acumulaban varias cajas de cartón empalmadas unas sobre las otras, parecía que algunas no habían sido movidas por un largo rato. Mientras esperaba, el joven miraba fijamente la puerta interior por donde se había escurrido su acompañante, trataba de escuchar algo, pero contrario a los pisos anteriores, en este no se percibía más que el ruidoso zumbido del aire acondicionado contemporáneo del piso de linóleo, la silla de fibra de vidrio y el guardia sentado en ella.

Al cabo de un par de minutos, tal vez un poco más, se abrió lentamente la puerta y asomó la cabeza el hombre que lo había llevado hasta ahí, y con un moviendo la cabeza lo invitó a pasar. El joven, que ahora comenzaba a sentirse mareado, caminó desconfiado hasta que se detuvo frente a puerta entre abierta donde había ingresado el hombre del traje.

___ *Pasa, adelante!!!...* comentó el funcionario.

Lo poco que había comido ahora amenazaba con subir por su garganta, había encontrado la fuente, el origen del olor a cartón viejo y a ceniza de cigarro que inundaba los pisos anteriores y el estacionamiento, la única diferencia era que ahí el hedor se mesclaba con una fuerte loción de anís y menta profundamente añejada, la cual se tatuó en su mano cuando otro hombre con traje se la estrechó y le dedicó unas palabras sin soltarle la mano.

El joven no pudo entender lo que aquel hombre le dijo, el extraño olor inundaba su mente y sus oídos, solo sentía la mano regordeta, liza y fría que le apretaba la suya mientras un grueso anillo dorado se clavaba en sus dedos. Al final el hombre regordete soltó su mano, y con la boca media abierta miró a su compañero y le entregó un folder amarillo junto con un par de indicaciones verbales que el joven no comprendió.

___*Por aquí por favor...* de nuevo el hombre que lo había llevado le indicaba el camino, tambaleante se dirigió al pasillo alfombrado dejando al hombre regordete entre una nube de humo y fragancias avinagradas.

De camino a su edificio, el joven contenía con todas sus fuerzas las ganas de devolver el estómago, el desagradable olor de la oficina aun los perseguía en el auto, y cuando apenas detuvo su marcha, no espero a que el hombre del traje le abrieran la puerta.

De rodillas y apoyado sobre sus manos vació en la banqueta el poco contenido que traía su estómago, suficiente como para inundar su nariz de una inconfundible acidez amarga que hizo además que sus ojos se llenaran de lágrimas. A punto estaba de doblar sus manos por el esfuerzo, cuando su acompañante lo sujetó del hombro, evitando una caída inminente sobre sus propias miasmas.

Luego de acercarle un par de servilletas que tomó del empaque vacío del almuerzo, el hombre del traje se despidió dejando al joven en la puerta de entrada del edificio, no sin antes darle un sobre amarillo cerrado y una pequeña bolsa blanca de plástico, también cerrada.

___*Nos encargaremos de todo...* agregó aquel hombre, se dio media vuelta, subió a su auto y se marchó a toda prisa.

Mientras subía uno a uno los escalones del edificio, pensaba en el momento en que las balas atravesaron el cuerpo de su frágil abuela, se preguntaba si habría sufrido, si murió al instante o si agonizó hasta su muerte. Faltaba esperar lo que los diarios y las noticias comentarían al día siguiente, imaginó incluso la escena en televisión con las imágenes de un cuerpo tirado junto a la banqueta cubierto con una manta blanca, e imaginó ver la delgada mano que salía de la cubierta blanca y el inconfundible reloj.

Con un pesado rechinido se abrió la puerta metálica del apartamento, hacía ya mucho tiempo que pasaba directo de la entrada a su recamara cuando llegaba a casa, muy poco salía de la habitación, solo una o dos veces por semana tomaba algunos bocados de cualquier alimento acompañando a su abuela, casi siempre en silencio. Pero ese día fue diferente, y no obstante haber vivido ahí toda su vida y estar familiarizado con todo el ambiente del apartamento, esta vez había algo que no alcanzaba a reconocer, algo tal vez, de lo que no se había dado cuenta, algo que nunca antes había extrañado porque siempre estuvo ahí.

La sala y la estancia aún conservaban un peculiar olor a violetas y lavanda, el cual nunca había sido más fuerte que ese día. La luz y las sombras que proyectaban las cortinas de figuras de flores y frutas del pequeño comedor, se perdían en el solitario apartamento. Por instantes, la presencia de su abuela brotaba desde la esencia misma de cada objeto que lo rodeaba, pero allí, con los ojos cerrados, pudo ver como todas esas sensaciones fueron cubiertas por una manta banca, la misma que cubrió el cuerpo de la anciana en su lecho mortal, y que el tiempo algún día borraría para siempre.

Sin hacer ruido continuó caminando hasta su habitación, ahí, sentado en el filo de la cama recordó el sobre amarillo y la bolsa que el hombre del traje le había dado, decidió abrir la bolsa primero y en ella se encontraban unos pequeños y redondos aretes de oro muy viejos, un monedero negro con florecitas azul celeste, un par de monedas en su interior, ningún billete, dos credenciales a nombre de su abuela, una llave atada a un percudido cordón y el reloj de pulsera con correas de cuero que inevitablemente le hizo recordar la escena del crimen, otra vez.

También se encontraba en la bolsa un gastado reboso negro que la anciana llevaba a tosas partes cuando salía de casa, aún olía a talco y a octogenaria, no se distinguía más color que el negro, pero al tacto pudo sentir lo áspero que dejo la sangre ya reseca.

El sobre amarillo parecía contener papelería en su interior y al abrirlo saco un robusto atado de hojas, las cuales demoro algunos minutos en comprender, y consistían en;

*Carta de condolencias del Jefe Delegacional.*

*Carta de condolencias del Procurador de justicia.*

*Constancia de atención a víctimas.*

*Constancia de ayuda en gastos funerarios; y*

*Manual y vales para trámite de actas de defunción.*

# Capitulo IX

Los médicos no encontraron nada fuera de lo normal en sus pacientes, recomendando el alta de inmediato.

Apenas salieron, ya los esperaba un nutrido grupo de personas, habitantes todos de la villa, impacientes por conocer aquel misterio que padecían desde su llegada.

Durante el aislamiento, hablaron muy poco con sus familiares, solo lo necesario para brindarles algo de tranquilidad, pero esa fue la ocasión perfecta para los abrazos y besos que habían quedado pendientes, los que se antepusieron por unos instantes a la premura de todo asunto.

Luego del apapacho familiar, tres de los cinco exploradores se dispusieron a relatar lo que habían encontraron afuera. Y en un gran salón se reunieron únicamente los adultos, quienes escucharon atentos la macabra historia.

Permanecieron varias horas reunidos en aquel espacio, pensando en lo que deberían hacer, y ya muy cerca del amanecer llegaron a la conclusión que tenían solo dos opciones, encerrarse en su aislamiento y esperar sobrevivir, o salir de nueva cuenta a buscar otros seres humanos con vida.

La primera opción era la más segura pero el temor a correr con la misma suerte los perseguiría por siempre. Salir a buscar sobrevivientes era muy arriesgado, pero la recompensa seria saber que pasó y así prepararse para evitar una catástrofe similar en la villa.

Tras una semana de preparativos y disfrutar de unos días con la familia, ya estaban listos. Esta vez usarían dos vehículos, uno para transportar a la mayor parte del grupo, y el otro para transportar equipo, suministros y recolectar evidencias, también les serviría de soporte en caso de emergencia. En esta ocasión también los acompañaban un médico, un especialista en sistemas, y personal de laboratorio.

En punto de las tres, de una fría y húmeda madrugada salieron discretamente de la villa, abriéndose paso entre la espesa vegetación. Casi dos horas después de partir comenzaron a ver las primeras ruinas y restos de pequeñas comunidades cubiertas casi en su totalidad por espesas enredaderas y abundante pasto, pero pasaron de largo sin prestarles demasiada atención.

Los dos vehículos mantenían un paso acelerado, los más que les permitiera el sinuoso camino, por lo que alrededor de las tres de la tarde se encontraban de nueva cuenta a las puertas de aquel mortuorio poblado, con el reten y las dos unidades militares justo frente a sus ojos, tal y como la última vez.

Ahora, a plena luz del día, con trajes aislantes y equipo táctico, los exploradores se apearon de sus transportes, y rápidamente comenzaron a levantar evidencias, materiales para estudiar, fotografías, tejidos y huesos.

El médico y el personal de laboratorio estaban atónitos, a simple vista no veían ningún rastro ni marca que señalara la causa de los decesos, tampoco había huellas de violencia en los lugares cercanos a los cuerpos.

Los cadáveres eran casi ya puro hueso y solo un poco de piel y rastros de tejidos, pero de cualquier forma tomaron las muestras necesarias de los cuerpos hallados en el retén militar y la gasolinera.

Bajo la protección del grupo se internaron un poco más en el pueblo, tomando a la izquierda por la aguda escuadra que formaba la esquina. Los militares y la estación de gasolina los había impresionado, al punto que algunos volvieron el estómago y otros eran ellos los que querían volver, pero a casa, y salir a toda prisa de ese lugar.

La nueva escena que tenían enfrente los paralizó, incluso retrocedieron unos cuantos pasos en silencio mientras intercambiaban miradas de asombro. Docenas de bultos permanecían inertes sobre las banquetas en ambos lados de la calle, parcialmente cubiertos de zacate disimulaban su verdadera naturaleza. Restos humanos de todos tamaños y vestimentas, postrados ahí inmóviles, mostrando un patrón uniforme que de inmediato fue documentado. Pareciera como si todos repentinamente hubieran caído al suelo sin oponer resistencia.

Así recorrieron cada una de las calles del pueblo durante los próximos dos días, en mayor o menor cantidad los restos humanos aparecían por todos lados, acomodados de formas siniestras, como si fuera un enorme museo del horror de alguna feria pueblerina, una escena destacaba sobre las demás. La casa tenía un gran pórtico adornado con muchas masetas que colgaban del techo, en el centro se hallaba una pequeña mesa de madera, una jarra aterrada y un par de vasos aún permanecían de pie sobre aquel pedestal, y en torno a la mesa cuatro sillas tipo mecedora se balanceaban por el efecto del viento, los restos esqueléticos que ocupaban los asientos no oponían resistencia. Aparentaban haber sido dos mujeres y dos hombres, probablemente de edad avanzada según las ropas que cubrían las osamentas, incluso uno, ceñido a su solido cráneo, aún tenía un viejo sombrero de fieltro gris perfectamente acomodado que le daba la impresión de estar observando atento todo lo que acontecía en la calle.

*Qué pasó aquí, qué horrenda desgracia abatió al pueblo entero, donde está la ayuda, qué nadie se dio cuenta.* Se preguntaban todos.

Muchas de las calles eran imposibles de transitar de otra forma que no fuera caminando, pues había restos humanos regados por todas partes y vehículos bloqueaban el paso.

Revisaron también el interior de algunas casa, pero la suerte fue la misma, no encontraron ninguna persona con vida, tampoco hallaron rastros de violencia. Mortajas de todas las edades y géneros descubrieron a su paso, postrados en sus camas, en sillas, sillones, oficinas y talleres. Familias completas sentadas alrededor de su mesa frente a sus platos, sorprendidos por la muerte mientras tomaban su último bocado, o sentados en la sala mientras miraban el televisor.

Pero la vida no estaba extinta del todo, por el contrario florecía en abundante vegetación y conforme se fueron integrando al lugar, pudieron ver varias jaurías de perros domésticos ahora convertidos en salvajes, incluso los observaron en plena acción persiguiendo a una de las muchas liebres y conejos que de igual forma y en abundancia, lograron ver. Gatos, aves, vacas, cerdos, burros y chivas completaban la fauna de aquel extraño lugar.

Ya habían reunido el material suficiente, evidencias que analizar, era hora de regresar y tratar de armar el complejo rompecabezas.

# Capitulo X

U n frio y desconocido viento recorría la villa, los habitantes se miraban sin decir una palabra y seguían su camino. Por primera vez desde que se formó aquella comunidad, la preocupación invadía todos los rincones mientras los más sabios se esforzaban para mantener la calma.

Poco antes de que el reloj marcara las cinco, el salón principal se encontraba repleto, habían pasado veinte días de la última expedición, los dictámenes y estudios estaban listos.

El temor generalizado que recorría la villa había estado creciendo pese a los esfuerzos de mantener la calma. La tarde era gris y amenazaba con acortar la duración del día, el aroma a café y té contrastaban con el de la húmeda madera de la vieja estructura rectangular.

Caras largas, ojos muy abiertos y bocas insonoras se perdían en las sombras que producía el ocaso, mientras una persona acomodaba un pequeño equipo de sonido y un proyector en la parte frontal del auditorio. Solo las sillas de los expositores permanecían sin ocupante.

Con un sonido breve y seco, seguido de un rechinido de madera, la puerta se abrió y siete habitantes de la villa entraron al salón para ocupar el presídium, Víctor y dos de sus mejores amigos fundadores de la villa, personal médico y técnicos encargados del estudio y análisis de las muestras encontradas en el lugar de la tragedia, ocuparon rápidamente su lugar en el estrado.

_Buenas tardes, es probable que lo que van a escuchar y ver sea difícil de creer, pero estoy seguro que al menos calmará la preocupación que tienen por su seguridad y la de sus familias, y espero que nos permita continuar con esta vida pacífica que hasta hoy hemos sabido mantener._

Mientras hablaban, las primeras imágenes comenzaron a proyectarse en la pantalla. En las reuniones anteriores solo habían aportado información verbal, no gráfica, por lo que fue imposible para buena parte del público, contener la exclamación de asombro, pánico y desagrado. Tan impactantes llegaron a ser aquellas escenas que más de uno abandonó el salón a toda prisa invadido completamente por la náusea y el horror.

_De esto les hemos estado hablando, a esto nos enfrentamos, pero esperen a escuchar el resultado que han arrojado las investigaciones_ les dijo, y cediendo la palabra al Médico, Victor se acomodó en su silla dispuesto a escuchar atento al profesionista.

_Buenas tardes compañeros..._ comenzó su exposición el médico; _No solamente veremos aquí el resultado de las pruebas del laboratorio, sino que conjuntaremos la evidencia fotográfica del lugar. Como ya les hemos explicado y que ahora pueden ver en la imágenes, los cuerpos se encontraban dispuestos de una manera poco ortodoxa tratándose de una muerte violenta, más bien aparentaban haber sido sorprendidos de forma repentina y simultánea en el preciso lugar que ocupaban en ese momento, así también se puede observar la ausencia de rastros y hechos violentos en las estructuras cercanas a los cuerpos. Por lo que nuestro primer y más grande temor fue que se tratara de una epidemia o algún tipo de arma biológica, por eso la precaución del aislamiento para el primer grupo explorador, y la protección extra para la segunda expedición._

_Los estudios al personal y a las muestras recolectadas en el lugar de la tragedia no revelaron agentes patológicos propios de un virus o enfermedad que hayan causado la muerte a aquellas personas, y la exposición en el lugar por parte del personal no les trajo ninguna consecuencia._

_De igual manera,_ continuó el médico, _se analizaron restos de alimento, agua y algunos animales domésticos, pero el resultado fue el mismo,_ *nada. Solo hasta que estudiamos los huesos, el ADN del cabello recolectado y los rastros de tejidos que encontramos pudimos darnos una idea de lo que pudo haber pasado.*

*Estas evidencias demostraban que los cuerpos habían estado expuestos a la deshidratación y a una marcada desnutrición momentos antes de haber dejado de existir, es decir por un periodo de tiempo considerable hasta que sobrevino la muerte, como se puede ver en los pacientes que están en estado de coma, mantenidos solo por el suero que corre por sus venas hasta que sus familiares deciden dejarlo ir o el cuerpo ya no asimila el suministro y simplemente deja de funcionar, solo que en este caso no hubo ninguna asistencia médica, por lo que el tiempo que tardo el organismo en auto consumirse fue considerablemente más corto.*

*Encontramos evidencias de que el corazón siguió latiendo mucho tiempo después de haber caído en estado de coma, de igual forma el sistema respiratorio no dejó de funcionar de inmediato, todas esas personas murieron de hambre y de sed, para ponerlo en términos entendibles.*

*No hubo nadie que los socorriera al momento del coma, los impacto a todos al mismo tiempo. Esas pobres víctimas pudieron no haber perdido la capacidad de sentir, ni la conciencia, siendo espectadores de su propia extinción, horrorizados ante la imposibilidad de hacer algo.*

*No hemos descubierto que fue lo que causó el estado vegetativo, pero sabemos que el daño fue a nivel cerebral...* Concluyó.

Con esta impactante conclusión, el médico cedió el uso de la voz a dos de los miembros que habían revisado los equipos de comunicación en el pueblo, y que desde entonces seguían tratando de encontrar alguna frecuencia, red o línea que tuviera receptor al otro extremo.

__ *La última comunicación exitosa ocurrió el 29 de diciembre de 2023, así lo indicaron todos los ordenadores y teléfonos móviles que pudimos analizar. A partir de esta fecha, nada volvió a circular por las microondas, redes y frecuencias de radio...* y agregaron: *Hay evidencia suficiente para afirmar que el día en que dejó de transmitirse, un mensaje, señal, archivo, o descarga, algo, no sabemos que, quizá un virus, fue liberado al mismo tiempo en todas las frecuencias, redes y líneas de comunicación, celulares, radios de frecuencia privada y pública, estaciones, televisores, computadoras, Tabletas etc.*

Todas esas personas murieron después de caer en un estado de coma. Esa fue la conclusión general a la que llegaron los expositores, sin tener la certeza de que lo había causado ni porque. Mas sabían que no había sido obra de la casualidad, ni responsabilidad de la madre naturaleza, dentro de cada quien no cabía duda, el propio ser humano se encontraba detrás, el hombre como el lobo del hombre, valga la expresión hombrechista, aunque platónica sea.

Un arma nueva y terrible, poderosa, una estrategia de guerra, acto de terrorismo, fanatismo religioso, guerra mundial, el apocalipsis, fin del mundo, mil y un ideas azotaban la mente de los miembros de la villa cual si fueran un huracán envistiendo a una pequeñísima isla en medio del océano.

Una última expedición habría de realizarse, así finalmente concluyó la reunión. Una expedición aérea de reconocimiento en un viejo Sesna con capacidad para seis pasajeros que mantenían en perfecto estado para usarlo en cualquier emergencia.

La idea era recorrer el mayor espacio aéreo posible hasta lograr entablar contacto con otras personas, siempre y cuando eso no representara un riesgo inminente para los exploradores o para la villa.

El reloj marcaba más de las nueve treinta de la noche, y no obstante que la luna no asistía, la bruma nocturna que especialmente ese día fue densa, hacía que fuera difícil distinguir los dedos de la propia mano en los lugares en que la luz artificial no llegaba. Así, con paso acelerado la gente fue retirándose a sus casas, caminando entre la obscuridad nocturna y mental, llegando rápidamente hasta sus viviendas, con la mirada baja, hombros encogidos y oídos alertas.

# Capitulo XI

La noche había llegado tan rápido que no era consciente de la hora, ni siquiera había pensado en dormir, la computadora estaba encendida aunque hibernaba, de pronto sintió como un súbito calor recorría desde sus pies hasta la cabeza, toda una vida de pasar al margen, invisible, apartado, sin meterse con nadie, prácticamente en otro mundo, y ahora el mundo real lo devoraba, primero se llevó a su madre y ahora le quitaba a su segunda madre.

Levanto la mirada, aun invadido por el fuego de la ira que incrementaba su calor con cada respiración, clavó los ojos en la bolsa blanca que se encontraba en su pequeño escritorio y sin pensarlo la aplasto con fuerza con su mano, al apretarla sintió el viejo rebozo y la sangre endurecida, de un salto se incorporó y la arrojó con todas sus fuerzas a la pared con abundante rabia. Furioso salió del apartamento dispuesto a bajar hasta el lugar donde encontró el cuerpo sin vida de su abuela, y a saltos bajó por la escalera los siete pisos hasta llegar al pórtico.

Decidido estaba a buscar al responsable, seguro de arrancarle el corazón con sus manos en cuanto diera con él. Alguien tuvo que verlo, alguien lo delataría y el vengaría a su abuela.

El mundo había detonado su ira y hora se sentía como cualquier violento ser de los miles de casos que pasan a diario en televisión, se vengaría o se volvería loco, un criminal despiadado, el gobierno tendría que hacerle justicia, si no, él la tomaría por su cuenta.

Dispuesto estaba a destruir a patadas el auto balaceado, la zona acordonada y al que se le pusiera enfrente, cuando al salir quedó pasmado y confundido por completo.

De pie, inerte sobre la acera, no pudo localizar la zona acordonada, no había ningún auto, ni casquillos de bala en el suelo, ni policías ni gente ni nadie. En el lugar donde su abuela había caído, lo único que había era un largo muro brillante y blanco, impecable, sin ningún agujero, ni una descarapelada siquiera, sin una gota de sangre y de no ser por el olor a pintura fresca recién puesta sobre el resane de yeso, hubiera dudado que la horrenda escena que vieron sus ojos fue real.

No le quedo más opción que regresar a su habitación, debía encender el televisor para ver las noticias y esperar que comentaran del crimen, ahí se enteraría, alguna pista descubriría sobre el causante de la muerte de su querida abuela.

Habían pasado varias horas, el televisor seguía pendiente del noticiero con el volumen muy alto para escuchar mientras revisaba incansablemente la red en busca de la nota publicada, pero no había encontrado ni escuchado nada. El sol ya brillaba por la ventana y noticieros empezaban y terminaban sin mencionar una palabra de lo ocurrido, había revisado todos los periódicos en su computadora ninguno publicó el hecho, eso no tenía sentido para él, y ahora comenzaba a marearse, la falta de sueño y alimento estaban a punto de ponerlo a dormir, el sonido de la tele se hacía cada vez más incomprensible, hasta finalmente dejo de escucharlo.

Los fuertes golpes que asestaban sobre la puerta metálica del apartamento lo hicieron despertar, se encontraba tendido en el piso de la pequeña sala, casi debajo de la mesa de centro, alguien gritaba su nombre desde afuera, no sabía a ciencia cierta lo que pasaba pero como pudo se incorporó y dando pequeños tumbos llego hasta la puerta y la abrió.

_____ *Le hemos estado buscando...* La voz de una mujer lo inquirió con autoridad apenas abrió la puerta.

___ *Soy trabajadora social de la procuraduría y necesito saber de qué forma va a disponer del cuerpo de su familiar...* Continuó la dama. *Le llamamos muchas veces, ya pasaron tres días desde que llego el cuerpo a la morgue y no podemos mantenerlo por más tiempo, a no ser que quiera que lo manden a la fosa común.*

___ *No entiendo, disponer, ¿tres días ya pasaron?...* Respondió el joven, evidentemente aturdido.

___ *No leyó las hojas que le dieron verdad, ahí dice que el gobierno de la ciudad le ayudará con los gastos funerarios debido a las circunstancias en que murió su pariente, pero la ayuda consiste en que si Usted tiene un lugar particular donde enterrar a su familiar, el gobierno paga todo el servicio, caja, carrosa, velatorio, flores, enterradores etc. si no tiene, le ofrecemos la incineración y le entregamos las cenizas en una urna, o sea una cajita de mármol o algo parecido, pero tiene que decirnos ya, si no, el servicio se cancela y no nos hacemos responsables del cuerpo.*

No tenía la menor idea si poseían una bóveda o lapida, así que optó por la opción de la cajita. Firmó algunos papeles y pregunto;

___ *Y cómo va la investigación, ¿ya supieron quien fue?*

Tras levantar bruscamente la mirada la trabajadora social respondió;

___ *Le dije que yo soy trabajadora social, no ministerio público ni policía. Lo que pasa es que Usted no ha leído las hojas que le entregamos, ahí vienen los teléfonos para que usted pregunte, ahí le dicen...* refunfuño la dama y agregó. *Mañana a las seis de la tarde pase a esta dirección a recoger las cenizas, hágalo, porque si no, los restos de su abuela se irán a la fosa común...* luego de esto la mujer se fue.

Cómo era posible que hubieran pasado tres días y él ni se entrara, no lograba comprenderlo hasta que golpeo con el dedo meñique del pie un objeto solido que estaba en el piso y que salió disparado al tiempo que él brincaba y gritaba de dolor. Aquel objeto era una botella de licor vacía, que probablemente había recibido su abuela en alguna fiesta a la que fue invitada. Ella tenía la costumbre de que en las bodas y quince años, recogía el adorno de la mesa y la botella, si alguien no las tomaba, así que guardaba varias en la vitrina.

Al agacharse a recoger la botella, se dio cuenta de que había otros dos embaces vacíos en el piso, lo que justificaba su dolor de cabeza y la amnesia temporal.

Sentado nuevamente frente a su computadora, no dejaba de pensar en porque no se había trasmitido el crimen con el que victimaron a su abuela, acaso eran invisibles, nadie notaria su ausencia, eso lo llenaba de rabia cada vez más.

Recordando las palabras de la trabajadora social, alargo la mano hasta alcanzar el sobre amarillo y saco el contenido, buscó entre los papeles hasta que encontró una tarjeta de presentación con un número telefónico a nombre de un tal *Licenciado Arnulfo Ortiz Pellón, Atención a Víctimas de la Procuraduría de Justicia del Estado...* Ese día llamo más de una docena de veces a los números de la tarjeta pero nadie contesto.

En la tarde del día siguiente, se presentó como le había dicho la mujer, en la dirección que contenía el pedazo de papel. Era un edificio de tres pisos sin nombre, solo el número que lo identificaba. La puerta conducía directo a una escalera la cual tuvo que subir, pasando por los primeros dos pisos que se encontraban vacíos. Al llegar al último piso se topó con una barra larga y blanca, detrás de la cual se observaban varios escritorios con máquinas de escribir y algunas computadoras viejas, ahí se encontraba la única persona que había visto en todo el edificio. Era una señora entrada en años y un poco regordeta, la cual disfrutaba de la prensa escrita cuando el ruidoso muchacho apareció tras de la barra, dedicándole un par de miradas intimidantes al joven, ella regreso a su periódico para dar un último vistazo y cambio de página antes de levantarse.

Camino derecho al joven y sin mediar bienvenida o saludo lo inquirió;

___*Nombre?...* estirando la mano hacia el muchacho que la miraba un poco asustado.

_____ *hee e Javier Pérez... el mío o el de mi abuelita?...* respondió el joven, al tiempo en que la señora le arrebató el papel de su mano y dándose media vuelto murmuró;

_____ *Así está bien.*

Al cabo de unos minutos regresó del cuartito al que se había metido, traía una pequeña caja d color blanco que puso sobre la barra y agregó;

_____ *Revise que todo este ben y fírmeme aquí de recibido...* alargándole un par de hojas tamaño carta con una inscripción tipo oficio o documento.

La cajita traía una pequeña etiqueta adherida con el nombre de su abuela, la fecha de su nacimiento y la del día en que la mataron. Iba a darle las gracias a la señora que lo atendió, pero cuando quiso voltear a verla, ella ya se encontraba de nueva cuenta leyendo el periódico visiblemente concentrada por lo que no quiso interrumpirla, así que tomo las cenizas y se marchó.

Los meses pasaron, nunca nadie le daría razón del responsable de la muerte de su abuela, por lo que poco a poco se fue haciendo a la idea de tomar las cosas por su cuenta.

En su afán por investigar se topó con cientos de noticias e historias de otros crímenes, daños colaterales y casos de impunidad, victimas olvidadas, familias desaparecidas y voces acalladas.

La ira y la indignación lo fueron consumiendo, salía del apartamento solo lo necesario, comía justo lo indispensable, dormía poco y generalmente de día, almacenaba información de hechos violentos, crímenes, narcotráfico, bandas de secuestradores y del crimen organizado, corrupción, impunidad e injusticia. Leyó cientos de libros relacionados con estos temas y sus historias, como y donde habían nacido, como se transformaron y hasta donde han llegaron, y como han corrompido a la sociedad con su cobrizo aliento.

En más de una ocasión pensó en hacer justicia por su propia mano, para él era como utilizar la legítima defensa, una tardía pero legítima defensa. La idea *"Churubusquesa"* de convertirse en un vengador anónimo estaba presente en su mente, empezó a buscar armas por internet, claro, especificaciones, donde comprarlas, cómo manejarlas. Un rifle de francotirador asilenciado sería la mejor opción, de noche, en el anonimato, uno a uno contaría los frutos de su venganza. En eso estaba cuando de repente hizo una pausa para sacar cuentas.

Aunque pudiera comprar un arma, lo cual no sería muy difícil, pero convertirse en un tipo duro y violento era tarea poco menos que imposible, por más coraje que sintiera, pero suponiendo que sucediera, aun así quedaba un factor real, las matemáticas, esas son perfectas y al consultarlas se dio cuenta que con mucha suerte eliminaría un par o dos cada semana, ocho o diez al mes, y en que ayudaría realmente esto.

Abortó la idea pero no las ganas de contra atacar, tenía que buscar la manera, y muy pronto encontró la cancha donde se llevaría a cabo la última contienda, el ciberespacio.

# Capitulo XII

@*mexmages MexicodelMañanaGobernantesdeSiempre,* @*PuebloTrafico* y @*MexicoenPaZzzzz* fueron las primeras cuantas desde donde comenzó su batalla, una guerra frontal contra el abuso del poder, la corrupción, la injusticia, el engaño y la apatía ciudadana. Pronto miles despertarían para seguirlo.

La crítica y el poner a la luz pública secretos que con mucha habilidad sustraía de la red, eran sus principales armas, con ellas muchos corruptos se estremecieron, otros más ya buscarían perseguirlo y acallarlo. Las amenazas fueron subiendo de tono al grado de que varios de sus seguidores más fervientes desaparecieron junto con sus cuentas, pero él nunca se acobardo, nunca más.

Con el tiempo, la solitaria crítica que generaba comenzó a verse acompañada de propuestas y soluciones para terminar con la crisis y el mal gobierno, las cuales siempre encontrarían el oído del necio y el inmoral bandido. Así comenzó su investigación sobre el comportamiento humano y social, especialmente el contemporáneo, convencido de que somos los que tenemos y no hemos alcanzado lo que no somos.

Pero qué somos, cultura, creencia, ignorancia, religión, educación, tradición, moralinas, conservadores, liberales o libertadores, españoles o indígenas, humildes, pobres, Guadalupanos o Caballeros de Colón, clase media, media alta, ricos, millonarios o los más ricos del mundo. Somos homosexuales, bisexuales, heterosexuales, machistas, homofóbicos o feminicidas. Somos gobierno o somos IP, jubilados, informales, ambulantes, estudiantes, ninis o narcotraficantes. Somos juzgadores, somos juzgados o somos juez y parte, somos justicia, somos autodefensa o somos violados, intimidados e injustamente condenados. ¿Somos buenos o somos malos?

Su habilidad con las computadoras le había hecho ganar una suma de dinero aceptable, lo esencial para vivir sencillo pero cómodo, las aplicaciones que elaboró y vendió a las principales empresas del mercado le daban la oportunidad de mantenerse con vida y en movimiento, y eventualmente lo llevaron a vivir en Toronto por una temporada. Allá, había estado trabajando en algo que él denominaba *Valores de Fabrica*, su proyecto más ambicioso y la fórmula perfecta para la verdadera readaptación social.

Cuando se enteró que habría una convención en la Ciudad sabía que no podía perderse esa oportunidad, nada más y precisamente una convención internacional de derechos humanos y readaptación social, la ocasión perfecta para presentarse ante el mundo.

El día del evento, a media mañana, salió del apartamento que alquilaba vistiendo un traje beige, camisa blanca y corbata celeste, un maletín pequeño, una grabadora de voz y un enorme gafete con logotipos publicitarios de la convención, más la palabra *PRENSA* a lado de su foto, el cual colgaba de su cuello. No había sido difícil alterar un día antes las listas de periodistas autorizados para acceder al evento. Caminó hasta una esquina y espero por cinco minutos hasta que llego el taxi que había solicitado por teléfono.

Justo antes del mediodía, permitieron el acceso a la prensa y medios de comunicación, realmente era toda una multitud, fue realmente difícil llegar hasta el punto estratégico desde donde tomaría la palabra, una vez ahí era solo cuestión de tiempo.

Organizaciones defensoras de derechos humanos de todo el mundo se dieron cita ese día, instituciones pro víctimas, abogados, juristas, sociólogos y otros especialistas de gran prestigio no pudieron faltar, como no falto la representación del gobierno no solo local, también asistieron gobernantes de distintas partes del planeta, todos dispuestos a tratar de resolver el tema de la violencia, la inseguridad, la pena y el castigo sin transgredir ni violentar derechos humanos.

El debate, cifras y contracifras aventadas como naipes por los partidarios y defensores de cada lado de la moneda. Injusticia, mal gobierno, sistema judicial corrompido, estrategias fallidas, penas que dan pena y centros de readaptación social que ofrecen maestrías y doctorados a los criminales. Nadie se guardaba nada y el calor comenzaba a subir.

Y hablando de penas, llegó el turno de la pena capital, aplicada por unos, cuestionada por otros. Muerte al secuestrador, al narcotraficante, al terrorista y al traidor, opinaban algunos. Otros argumentaban que la muerte no intimida a los criminales. Tampoco el estar de por vida en la cárcel recibiendo tres comidas al día sin trabajar, replicaba la contraparte.

__El verdadero beneficio de aplicar la pena de muerte es el ahorro de ya no tener que mantener a criminales...Apuntó con dureza un participante.

__El problema de instituir la pena de muerte es por el temor de aplicársela a un inocente, ya que en muchos países el sistema de justicia no es nada confiable y los peores están infectados por la corrupción y los privilegios que da el poder... comentó de manera más prudente un miembro de una organización internacional de derechos humanos, y agregó.

__Las penas no están readaptando a nadie, es más, hoy en día ya es un logro el que salgan con vida de la cárcel, pues corren el riesgo de ser víctimas de la violencia o de alguna enfermedad. Y los que alcanzan a salir, llevan más conocimiento para delinquir que cuando entraron, sin mencionar las cartas de recomendación que consiguen estando en la cárcel.

En el calor del debate un joven y extraño periodista vestido de beige se puso de pie y mostrándole su gafete a una edecán le solicitó el micrófono y el uso de la voz.

La edecán dudó un poco al anunciar el nombre de la empresa de noticias a la que pertenecía el periodista y solo balbuceó algunas iniciales al tiempo que el moderador autorizaba la participación en el tema.

__ *¿Han escuchado hablar de "Valores" valores de Fabrica?*

Los participantes se miraron unos a otros sin saber si no entendían lo que había dicho, o aquel amigo estaba fuera de lugar, así que le pidieron que repitiera su pregunta, y el periodista insistió... *si Valores.*

La mayoría de los integrantes de la mesa decidieron ignorarlo y dejaron de prestarle atención, los menos descorteces le dedicaron una pequeña sonrisa y solo uno, el que le quedaba más cerca respondió casi obligado... *No estamos tratando temas de valores, moral y ética amigo, si no tiene nada más que agregar.*

La edecán estaba a punto de quitarle el micrófono cuando alzando la voz el joven dijo;

___*Es una nueva alternativa a la pena de muerte y a la fallida readaptación del criminal.*

Muy escéptico el panelista le permitió continuar.

___*Por desgracia en ningún país se utiliza todavía, pero pronto la adoptaran en todo el mundo, la ciencia y la tecnología no se detienen y son menos vulnerables a la corrupción...* Respondió el joven.

La edecán intentó nuevamente quitarle el micro y al no poder pidió a los encargados del sonido que cancelaran ese audio, pero uno de los miembros de la mesa de debates se levantó de su sillón y pidió que dejaran concluir al joven, solicitando a éste que explicara a todos con claridad de los que hablaba.

___*Se ha creado un programa que puede interferir los impulsos electrónicos del cerebro para neutralizarlos sin causarles daño, borrando todo registro* *almacenado en la corteza cerebral, todo recuerdo, memoria y aprendizaje se pierden para siempre.*

__ *¿Borrarles la mente? ¿Mente en blanco? ¿Cómo en los sanatorios de las películas de terror?* Interrumpieron en tono de burla.

__*No se trata de que pierdan la memoria ni convertirlos en zombis o vegetales, se trata de restablecer los valores de fábrica en sus cerebros, darles la oportunidad de volver a empezar de cero. El programa no solo elimina todo recuerdo sino también y toda enseñanza adquirida, aún las más elementales como caminar y hablar, sentirán hambre pero no podrán alimentarse por sí mismos, ni siquiera podrán levantarse de la cama. Al quitar todo dato almacenado, queda el disco o el cerebro, totalmente en blanco y listo para ser usado nuevamente, y en una segunda etapa del programa, sus cerebros serán recargados con información básica para acelerar el procedimiento de aprendizaje que tendrá que ser completado por la mano humana, ahora sí, en un verdadero centro de enseñanza de valores...* concluyo el joven.

__*Sin duda es una buena idea para un cuento de ciencia ficción amigo...* Comentó un panelista.

__*Es una realidad Señor...* muy serio replicó el joven, y continuó; *ya es posible hacer eso, faltan algunos detalles, pero pronto estará completo.*

__*Quieres decir que hay una máquina que se conecta al cerebro de una persona para reiniciarlo al momento en que nació...* Cuestionó el panelista.

__*No hay ninguna maquina especial, ni nada que se conecte al cerebro, no es necesario, las microondas y las frecuencias de radio hacen ese trabajo, solo se requiere una computadora y un emisor de frecuencias, Wi-Fi e incluso Bluetooth, la tecnología satelital hace el resto...* argumentó el joven, esta vez dejando perplejos a todos...

De pronto el moderador interrumpe la sesión, dando las gracias al participante y manifestando que pasarían a un segundo tema con la intervención de otro periodista que solicitó el uso de la voz.

Aunque se generó otro tema para debatir, nadie le prestó verdadera atención, los integrantes de la mesa se miraban unos a otros y murmuraban en voz baja, mirando de vez en cuando al delgado joven del traje beige.

Mientras esto ocurría, él comenzó a sentirse mareado por tanta gente que murmuraba y lo miraba como si fuera un ser extraño o alguien con una enfermedad contagiosa, pero entre tanta gente, el instinto de supervivencia que había desarrollado en los últimos meses, hizo que se diera cuenta que alguien más lo miraba con otras intenciones.

Logró distinguir entre el tumulto a varias personas que se movían coordinadamente en dirección a hacia donde se encontraba, pudo ver que esas personas portaban un pequeño audífono color carne, casi transparente en el oído, así que no tuvo más remedio que poner en acción el plan de evacuación, sacando del pequeño maletín una *Tablet* y tras introducir algunos comandos apareció en la pantalla una ventana que le permitía el acceso a un computador vía remota, en ella pulsó sobre la palabra aceptar y la ventana se cerró.

A veinte kilómetros de ahí, en el apartamento que rentaba, una computadora estaba lista para ejecutar una serie de comandos automáticos que llevarían a *jakear* la red privada del centro de convenciones donde se llevaba a cabo el evento, y en cuestión de segundos las alertas de emergencia comenzaron a activarse, el servicio de seguridad del edificio recibía alertas de incendio y evacuación por amenaza de bomba al mismo tiempo, y el agua comenzaba a salir por los aspersores del sistema contra incendios.

Ente el caos logro confundirse con la multitud y salir del edificio, pero ya afuera noto que habías más agentes de seguridad que civiles. Por el nerviosismo sentía que todos lo miraban y que en cualquier momento lo tumbarían al piso y le pondrían unas esposas, apunto estaba de caer sobre sus rodillas cuando una mano suave y extremadamente blanca apretó fuertemente su brazo.

___ *"Amigou"*... con un mal español en voz baja murmuró quien lo sostenía. *Soy @hassAp trust me...* agrego y estirándolo del brazo lo acerco hasta un auto negro que estaba estacionado en una zona exclusiva. Ambos subieron al coche y adentro el extraño amigo le entregó un par de lentes y una chaqueta azul.

___ *Póntela y no hables, en un momento saldremos de aquí... por fin nos conocemos en persona, mi verdadero nombre es Albert Hassank y sé todo de ti.*

Para cuando la policía arrestaba al responsable de haber jakeado la red del centro de convenciones él, ya había cruzado la frontera entre Estados Unidos y Canadá, con ayuda de su nuevo amigo "verdadero" o su viejo amigo virtual.

El ordenador que había clonado funcionó bastante bien y no se sentía tan mal, ya que a pesar de todo el verdadero dueño de la computadora era un jaker con bastante mala reputación, el cual debía muchas al gobierno.

El anonimato no le durará mucho tiempo, lo que reveló aquel día en Canadá, iniciaría una búsqueda sin fronteras para dar con su paradero, y Estados Unidos no es un buen lugar para esconderse si ellos te están buscando, así que tan pronto como pudieron abordaron un jet privado que los llevaría directo a México.

___ *Mis informantes me dicen que si eres capaz de hacer lo que dices, te convertirás en el hombre más buscado del mundo...* comentó Albert. *No importa dónde te metas te encontrarán. Pero no va a ser fácil, yo te ayudaré...* finalizó.

# CAPITULO XIII

De pie, frente al gran estante de madera que tenía en su estudio, inmóvil fijaba su mirada sobre un lugar, uno entre cientos de libros y viejos recuerdo que cuidada con celo, uno entre los archivos que contenían su más ambicioso proyecto, el trabajo de su vida, su mundo privado. Allí en un cajón un tanto olvidado, en el peldaño más alto, guarda otras memorias, unas que había decidido archivar pero nunca olvidar por completo.

No se escuchaba ni su respiración en aquella estancia, seguía inmóvil frente a los libros, por instantes aquella escena pareció un recuerdo más de los que contenía el estudio, casi una fotografía, inanimada por completo, ni las sombras que producía el atardecer que entraba por el alto ventanal en colores sepias y rojizos parecían tener movimiento, pese a translucirse a través de las ramas de un viejo oyamel que alcanzaba el ventanal.

De pronto, un destello en su conciencia, un chispazo que hizo abrir más sus ojos y levantar sus pobladas cejas arrugaron la frente. Después todo empezó a moverse lentamente, comenzando por su cabeza que se dirigió hacia arriba y a la derecha, enfocándose en un rincón en lo alto del estante, tras unos segundos de contemplación se aproximó de forma automática a su objetivo, acercó un pequeño banco que usaba para alcanzar la parte más alta del librero y ansioso trepo, tras dos hierros por fin palpo con la mano una caja de madera que él mismo, al igual que el estante entero, había construido. Ya con ambas manos acerco el cajón al borde del estante y despacio comenzó a bajarlo hasta su pecho, y en un solo movimiento bajo del banco depositando el cajón sobre su escritorio.

Acomodado ya en su sillón, alcanzó la caja de madera y quitando el pequeño cerrojo la abrió, *Víctor Diego De Elena y Sánchez.*, lentamente cerro de nuevo la caja y se recostó en el sillón, hacía mucho que no veía ese nombre, ni a la persona retratada justo a su lado, aquel joven de suéter casimir guinda y corbata azul perfectamente ajustada a una blanca camisa, le parecía desconocido, aunque sabía que era él cuando no tenía nada, solo el apellido y el dinero de su familia, mejor dicho, de sus antepasados.

Familia, la que presumía ahora, su esposa, sus dos hermosas hijas y su perfecta armonía. Al pensar en ellas instintivamente giró la cabeza hacia la puerta de entrada del estudio y como si su vista traspasara la pared observó a su esposa en la estancia contigua, de espalda, llevaba un vestido blanco con estampado floral color naranja y rojizo, con su rizada cabellera recogida suavemente por detrás de la cabeza, ajena contemplaba el atardecer a través de la ventana, él gesticulo una mueca de felicidad en su rostro al momento que cerró los ojos por un par de segundos.

Cuando los abrió, de nueva cuenta se enfocaban sobre la caja de madera, esta vez la abrió con determinación, y comenzó a buscar en su interior una vieja libreta con direcciones y teléfonos que conservaba. Contenía datos de personas con las cuales se relacionó en su vida pasada, compañeros de la escuela, de trabajo y socios de las empresas de su padre, y de otras personas que conoció en distintos lugares del mundo por donde viajó. Cuando por fin encontró aquel pequeño cuadernillo de cubierta en piel color café, lo sacó de la caja y se incorporó para servirse un poco de agua, la cual bebió apresurado, luego echó un vistazo rápido en el interior de la libreta, la cerro y la colocó en el interior de su chaqueta, abandonando sin demora el estudio.

Esa mañana toda la villa se levantó más tarde de lo normal y poco a poco fueron incorporándose a sus actividades, un silencio extraño imperaba en los habitantes, y de vez en cuanto todos levantaban la mirada por encima del hombro como para estar alerta. Cualquier ruido los asustaba, al primer ladrido de un perro todos dejaban de hacer lo que estuvieran haciendo para ver de qué se trataba, y el pánico fue tal que organizaron guardias las veinticuatro horas y construyeron torres de vigilancias para sentirse más seguros.

Poco más de un par de semanas transcurrieron desde el día en que se realizó aquella asamblea, tiempo suficiente para integrar el nuevo grupo explorador y preparar todo el equipo.

__ *No deben temer, pase lo que pase, durante todos estos años hemos dejado en claro que la adversidad solo es un obstáculo más que hay que vencer, y así lo hemos hecho. Y siempre se puede volver a empezar, somos quizá la única prueba de ello.*

Esas fueron las últimas palabras que pronunció, antes de que la aeronave despegara.

Finalmente habían decidido que solo tres personas tomaran el riesgo y se aventurarían hacia lo desconocido, con la meta de encontrar a alguien que les explicara por fin, que pasaba.

Tenían que aprovechar al máximo el combustible, y el espacio en la nave, así que solo acompañaban a Víctor, el experto en informática y sistemas de comunicación, uno de sus mejores amigos, integrante fundador del proyecto, Ignacio Pérez, nacido en Zaragoza España, a quien había conocido durante su estancia en aquel país, el otro acompañante era Nathan Egueeh, quien era el mayor de los tres, contaba con cincuenta y seis años de edad, nacido en Finlandia, era un piloto aviador experto que se había unido a la villa apenas unos pocos años de haber sido creada, tras contratar sus servicios aéreos entablo una fuerte amistad con Víctor, adoptando rápidamente su filosofía al punto de decidir quedarse para siempre a formar parte de la villa.

La noche anterior al despegue, había citado en su despacho a los más sabios y respetados de la villa, hombres y mujeres que sobresalían por su aportación desinteresada en beneficio de la comunidad, entre los cuales se encontraba su mujer. No demoraría mucho aquella reunión, se limitó a repasar aspectos y cuidados que debían mantener vigentes para asegurar la continuación del bienestar de todos, __ *cuidado con la ambición y el progreso, estos elementos cuando se juntan destruyen,* les dijo.

También les recordó los puntos generales que la misión incluía, el recorrido, los estudios y el trabajo por realizar, así como los detalles de su regreso, y las instrucciones para la lamentable posibilidad de no poder volver a casa, momento en el que todos de manera discreta dirigieron una mirada a la esposa de aquel líder, quien atenta a sus palabras permanecía inmóvil, con los ojos bien abiertos con la mirada clavada en él, sin mostrar debilidad alguna, solo un leve signo de inconformidad, cruzando su abdomen con el brazo derecho y tomando firmemente por el codo el brazo izquierdo que se tendía suelto por su costado. Ellos ya habían platicado lo suficiente y cada quien admitiría sus responsabilidades y obligaciones, por el bien de todos, no quedaba más que decir.

El capitán de la nave y los dos acompañantes permanecían en completo silencio mientras tomaban velocidad en la pista, al alejarse de la gente que asistió a presenciar aquel momento, sintieron un doble vacio en sus estómagos, el provocado por el efecto de la gravedad y el que causaba el sentimiento de dejar a sus familias a quienes ahora veían con notable dificultad a través de las pequeñas ventanillas de la aeronave.

Víctor alzo la mano y la colocó en el cristal una vez que estovo en el aire, tras una maniobra del piloto quien realizó un giro inclinando el avión, pudo ver a su hermosa esposa y sus dos hijas que le tendían ambos brazos con los que le arrojaban besos y bendiciones, no pudo contener el sentimiento que le producía el saber que les estaba causando un gran dolor, ellas representaba para él la razón de todo lo que había construido. Retiró lentamente la mano del cristal y la llevó hasta sus ojos para reprimir las lágrimas que amenazaban con desbordarse sobre su rostro.

Para cuando Víctor tomo conciencia, el capitán ya había realizado otro movimiento y el paisaje bajo su ventanilla no era el mismo, solo nubes y breves espacios de un cielo más bien grisáceo aparecieron delante de él, trato de ubicarse nuevamente en la tierra buscando la planicie de donde habían despegado pero no obstante los esfuerzos no logro ver otra vez la villa, se encontraban ya en ruta cañón abajo, y luego de unos minutos se encontraban sobrevolando el poblado más cercano, al que conocían como Ayotzintepec.

Las dos ocasiones anteriores que habían pasado por ahí en automóvil, fue difícil distinguir lo que quedaba de las viviendas escondidas tras la maleza, pero ahora desde el aire resultaba imposible, la exuberante naturaleza había devorado los vestigios del hombre en aquel lugar al que solo distinguieron por un pequeño y característico estanque con forma de bota.

__ *Tuxtepec, estamos sobrevolando Tuxtepec.* Anunció el capitán, minutos más tarde.

Tras una señal de Víctor, el experimentado piloto comenzó a hacer recorridos en círculo pasando muy cerca de los techos de las casas con la intención de alertar de su presencia, por si alguien permanecía en el lugar. Pero al igual que en todo el trayecto, el verde predominaba por doquier, hasta era difícil distinguir el pavimento y las calles empedradas. En su lugar habían ríos de alto pasto verde con ligeras manchas obscuras producidas por los toldos de los carros que cubiertos de oxido habían sido reclamados por la madre naturaleza.

Ninguna señal ni rastro humano, solo una parvada de aves que se alborotaron con el zumbido del avión, le dio vida a aquel cuadro tan verde y monótono. Al término de la tercera vuelta comenzó el descenso según lo planeado, y el capitán dirigió la avioneta a las afueras del pueblo para maniobrar el aterrizaje sobre la carretera nacional 145 que ahora lucía mucho más angosta de lo normal, al menos en un metro por cada lado estaba cubierta de un espeso follaje silvestre con una altura amenazadora.

La experiencia del piloto valió para que la tripulación sintiera solo una leve sacudida acompañada del ruido grave y sordo que producía la estructura de la nave al vibrar por el contacto con el agrietado pavimento. Poco a poco las hélices de la aeronave se detuvieron, el motor guardo un merecido silencio mientras que la tripulación permanecía inmóvil en sus asientos, se miraron un instante a los ojos para comprobar su alistamiento y así, en silencio descendieron.

Víctor, sin titubear se condujo a la parte trasera de la avioneta y de una portezuela rectangular sacó una maleta negra tipo militar que deposito en el piso, mientras que su amigo "Nacho" preparaba una mochila con equipo electrónico y algo de víveres. Tan pronto terminó de cerrar y asegurar la aeronave, El capitán se unió a sus dos compañeros, él traía consigo unas bolsas especiales para cargar combustible y una bomba manual portátil para extraerlo.

Ya reunidos, Víctor extrajo del interior de la maleta, tres escopetas semiautomáticas, y entregó una a cada compañero junto con una dotación de municiones. La intención de las armas era solo para protegerse, por seguridad, por si a caso, ya que no sabían que les esperaba por allí.

El plan era reabastecer combustible y cargar todo el que pudieran para continuar su recorrido rumbo a la ciudad de Coatzacoalcos, Veracruz. Y deberían hacerlo lo más rápido posible ya que existía la posibilidad de que no pudrían aterrizar en aquella ciudad por algún peligro que se les presentara y entonces tendrían que volver, y no querían hacer eso de noche. De tal forma que a paso veloz pero con sigilo y muy alertas, se abrieron paso entre la densa hierba con dirección a una gasolinera que se encontraba a unos doscientos metros de la avioneta.

El sol aquella mañana, hacía que el verde follaje que se levantaba hasta su cintura, brillara de tal forma que parecía estar mojado, miles de insectos volaban por todo el lugar generando un zumbido permanente que opacaba el sonido del viento.

En la estación de gasolina, que ahora lucía abandonada, se encontraban aparcados frente a las bombas más de un par de vehículos, incluso algunos tenían todavía la pistola despachadora en la boca de sus tanques. Restos de huesos humanos y ropa deshilachada se esparcían por toda el área, victimas tal vez de las aves de rapiña y otros animales.

En el interior de los vehículos la escena no era menos tétrica que las anteriores, cuerpos completos acomodados en sus asientos, pálidas osamentas descansando en ataúdes de hierro oxidado sobre cuatro ruedas y vista panorámica. No era necesario seguir mirando aquel horror y se apresuraron a buscar las válvulas de los tanques que guardaban el combustible de la gasolinera.

A solo unos metros de las bombas despachadoras, en el fondo de la estación, se encontraban cuatro círculos de hierro clavados en el piso, en los cuales apenas se lograba distinguir el color rojo que alguna vez los cubrió. Solo faltaba encontrar la llave para hacer girar la válvula y retirar la tapa. El grupo se abrió paso entre la espesa yerba hasta llegar a una pequeña oficina, la puerta estaba entre abierta y con mucha cautela entró Ignacio mientras sus dos compañeros vigilaban a corta distancia.

El resplandeciente sol hacia aun más obscuro el interior de la oficina que solo contaba con una pequeña ventana en lo alto de la pared al fondo de la estancia, fue necesario encender una linterna para poder ver, ya que aunque sabía que podía encontrarse con otro cadáver, resultaba mejor verlo antes de pisarlo.

Hojas y cajas de cartón cubiertas de polvo yacían tiradas por el piso y sobre un viejo escritorio en el cual descansaba una computadora igualmente vieja. Para su fortuna, en ese lugar no tropezaron con ningún cuerpo, y el olor a aceite y cartón les resultaba incluso agradable.

Despacio, los tres ingresaron al pequeño cubículo con la esperanza de encontrar pronto la llave que abriera los tanques.

Un repentino mareo seguido de un calo frio que recorrió su espalda, obligo a Víctor a salir de aquel cuarto oscuro, dando un par de tumbos alcanzó la salida e inmediatamente posó ambas manos sobre sus rodillas, hizo su mejor esfuerzo para no caer al piso. Casi cegado por la luz que de golpe invadió sus pupilas y aturdido por el constante zumbido de los insectos, no le quedo más opción que regresar el almuerzo mientras sus compañeros lo miraban a la distancia, concediéndole algo de espacio.

Aun encandilado y con el sudor escurriendo por su rostro, a su mente llegó el recuerdo de su padre, su madre, sus días de segur rutinas, el estudio, la empresa, la clase social, los negocios, el mundo de los negocios, los hoteles, los viajes, los lugares, Europa, Asia, América, todo daba vueltas por su cabeza, a su mente iban y venían imágenes del pasado, ese pasado del que tanto deseo alejarse y que ahora lo invadía de nuevo. Dónde estarán todas esas personas cercanas a su familia, qué les habrá pasado, debía contactarlos, pensaba, al tiempo que palpaba el bolso interior de su chaqueta para comprobar que la pequeña libreta aun lo acompañara.

__ *Estas bien?* Pregunto Nathan al tiempo que le mostraba una pieza larga metálica que sostenía con una mano.

__ *Sí, estoy bien, gracias, solo me falto el aire de repente, pero ya estoy bien.* Respondió Víctor felicitando a su compañero con una palmadita en el hombro por haber encontrado la llave.

Tomando la llave, Víctor le dijo a Ignacio que recogiera la computadora y la alistara para llevarla al avión, ahí tratarían de encenderla para revisar su contenido. Víctor y el capitán retiraron las tapas del depósito de gasolina para extraer el combustible.

Mientras desatornillaban las válvulas pensaba en el porqué de la ausencia de electricidad, los teléfonos completamente "muertos" como la gente, tenía que existir una relación.

Paradójicamente conservaba la esperanza de que quizás no muy lejos de ahí, la vida y el mundo seguían igual como cuando él se aparto, debía haber millones de personas conectadas a las redes sociales, millones de comunidades *Like* e historias de vida de 140 caracteres, en un mundo que cabía en la palma de la mano y que se movía con solo tocarlo, así de fácil, así de frágil. Ahora comenzaba a entender.

Apenas llegaron al avión, Ignacio deposito la computadora en el suelo, muy cerca de una portezuela ubicada en el extremo trasero de la aeronave, de ahí saco unos cables a los cuales adapto un conector para enchufar la computadora, después de verificar que la electricidad estuviera fluyendo, tomo un poco de aire y oprimió el botón de encendido del viejo ordenador.

El sol aun brillaba con fuerza y aunque el avión proporcionaba sobra, fue necesario cubrir un poco más el monitor de la PC para poder ver si había arrancado. Efectivamente, la computadora encendió, pero no arrancaba ningún programa ni se podía acceder al sistema operativo.

___ *El disco duro está dañado.* Comentó Ignacio después de un análisis general de la maquina. *Un virus tal vez, podría ser cualquier cosa...* Agrego.

No podían detenerse a buscar otra computadora, el pueblo era muy pequeño y no aparentaba ser del tipo en donde las computadoras abundaran. La tarde había llegado ya.

Cerca de las catorce horas, se encontraban a bordo de la avioneta, listos para continuar su viaje, pero antes de despegar, Víctor le pide al capitán que intente volar bajo durante el recorrido, para buscar entre los poblados, sobrevivientes o gente con la que puedan indagar sobre lo sucedido.

Con los motores al máximo, tras ligeras sacudidas debido a la agrietada carretera, por fin se encontraban de nuevo en el aire, el horizonte volvía a ponerse completamente verde.

Apenas despegaron, cuando una pequeña población apareció debajo de ellos, un viejo mapa indicaba que se trataba de un lugar llamado Loma Bonita. Se esforzaron al máximo pero a pesar de eso solo pudieron ver la densa vegetación que cubría las calles y algunos animales que se agitaban con el sonido del avión, pero ni una sola persona, no lo podían creer, nadie en las calles, o de camino a su trabajo, al almacén para traer comida, ningún coche moviéndose, nadie montando a caballo, no había niños jugando, simplemente nadie.

En ruta de nuevo, rumbo a Coatzacoalcos.

# Captulo XIV

Bajo la protección de su invisible personalidad, el recién marcado como terrorista internacional agotaba los días entre la multitud y el bullicio de la ciudad, siempre a solas, siempre tras la obscura sombra de la capucha de su sudadera gris.

Los amigos virtuales se contaban por cientos de miles, pero la cifra de los reales permanecía en **0**. Aunque recibía bastante ayuda de su camarada canadiense, no lo había vuelto a ver desde que bajó de su jet privado, y solo mantenían contacto como de costumbre, a través de una computadora. No obstante se mantenía en constante movimiento rentando diferentes departamentos y casas en todo el país para mantenerse oculto. Albert patrocinaba equipo de última tecnología para mantener activo su proyecto, y lo animaba diciéndole que ambos cambiarían al mundo.

Cuando la soledad se ponía necia e irascible, frecuentaba algunos lugares por las noches, pequeños bares sucios y obscuros, a los que asistían personas a las que también era difícil verles el rostro, y las conversaciones iban y venían de cualquier lugar y para ninguna parte.

Media docena de cervezas, en ocasiones un poco más, un par de horas de rock y algo de yerba complementaba la dosis, desaparecía de la multitud sin despedirse, y siempre volvía a casa solo.

Una mañana despertó con más resaca de lo normal, la noche anterior había excedido la cuota de yerba y cervezas, tres, cuatro o seis tequilas, no recordaba bien, desconectaron el interruptor de su conciencia y ahora amenazaban con emerger desde los más profundo de su ser. La cabeza a punto de estallarle, como es habitual en estos casos, y los temblores repentinos lo sacudían, así que busco a tientas por el buro de su cama hasta toparse con los restos de un pequeño cigarrillo, solo para calmar el dolor de cabeza y tratar de conciliar el sueño de nuevo.

Uso medicinal, meditaba mientras encendía el fuego, el televisor aún se encontraba prendido pero sin volumen, y reconoció de inmediato el lugar que aparecía en la pantalla, era el viejo edificio en el que vivía con su abuela.

Las imágenes mostraban como sacaban a unas personas de su apartamento, era la pareja de jóvenes recién casados a los que les había rentado el piso que heredó.

Nunca darían con él, pensaba, aunque el temor y la psicosis comenzarían a rondarlo.

Todo había resultado, hasta que un día, en una oscura y humedecida oficina de gobierno, tras el monitor de una computadora amarillenta y una cortina de humo de cigarro, un regordete Inspector de la policía, sin tener más que hacer, hurgaba en las fotografías de los más buscados por la Interpol y el FBI. De entre las docenas de rostros uno llamó su atención, desencajaba por su singular rareza con sus compañeros de anaquel, y más raro era el membrete que anunciada su calidad de delincuente "*Terrorismo Cibernético*". Luego de mirarlo durante un par de minutos llamó al detective que lo auxiliaba y le pregunto;

_____*Porque se me hace conocido este cabrón? No te suena?...*

El detective se acerco sin mucho interés al monitor y solo miró la pantalla en forma general sin prestar a tención a nadie en particular, y medio segundo después murmuro;

_____*Mmm, nel, ni en cuenta...*

El Inspector, luego de mirar de soslayo al detective y tirarle una injuriosa mirada, exaltado mentó;

___ *¡No mames Ortiz! Este cabrón se parece al flaco que me trajiste hace unos meses, el que le mataron a la abuelita wey, que parecía zombi el cabrón, ya?...* El detective haciendo gesto de fatiga regreso al monitor y esta vez dirigió su mirada en la dirección que señalaba el pachón y rubicundo dedo del Inspector.

___ *A cabrón, se parece un buen...* sorprendido comento el detective y agrego; *de cuanto es la recompensa jefe?...*

Cinco millón de pesos, era la cantidad que ponía precio a su cabeza.

Refunfuñando el Inspector pidió el expediente y tras mover, revolver y barajar en el interior de al menos cinco cajas esparcidas sin ton ni son por la oficina, el detective dio con él.

# Capítulo XV

Habían pasado muchos años desde la última vez que cualquiera de los tres visitara una ciudad, el Capitán era el que más se alejaba de la villa y con mayor frecuencia, aún así, habían pasado dieciséis años desde la última vez que visitó Coatzacoalcos. El resto de la tripulación apenas recordaba algunos momentos vividos en aquella ciudad, tramites, comercio y claro, el día en que iniciaron la aventura de su vida.

Mientras la aeronave se acercaba a la Ciudad, comenzó a emerger de entre el verdor, la característica cuadricula blanca que forman las calles, casas y edificios. Ya cerca del aeropuerto el capitán supo que no podría aterrizar allí, la única pista parecía un estático rio verde, cubierta en su totalidad por denso follaje y quizá algo más, escondido por ahí.

_—Improvisemos otra vez..._ dijo el capitán al tiempo en que giraba bruscamente la aeronave y tomaba altura poniendo a toda potencia los motores.

Coatzacoalcos era una Ciudad grande, recordaban, pero ahora les parecía inmensa y debían aterrizar lo más cerca de la zona urbanizada y de una estación de gasolina para reabastecer la nave. El aeropuerto de cualquier forma quedaba bastante retirado de la ciudad, les hubiera tomado horas llegar al centro, pero lo que estaban a punto de experimentar les arrancaría más de un grito y detendría su respiración por varios segundos.

Había pocos lugares donde aterrizar en la ciudad, en los campos la hierba estaba alta, la playa era angosta y las calles delgadas, con excepción de una.

__ *El paseo del malecón...* dijo el capitán.

__ *Estás loco?* __ *Seguro?* Reclamaron a un tiempo los tripulantes.

__ *Sujétense...* Agrego.

Hundidos en sus asientos, con ambas manos tomado el cinturón de seguridad, aguantaron la respiración y confiaron en su capitán.

Empleando al máximo su destreza, luego de un pronunciado giro, logro acercarse a la gran avenida, al norte había espacios despejados donde sería posible aterrizar, pero muy al norte de la avenida, ya que mientras más se acercaba al faro, se tornaba caótica y la vía aparentaba tener un embotellamiento perpetuo y silencioso.

__ *Aquí vamos...* repuso, sin que hubiera respuesta.

El avión comenzó a perder altura, luego, un repentino levantón y silencio, los motores habían dejado de moverse. Ahora planeaban sobre el cálido viento de la costa, muy suave, casi no parecía que se estuvieran moviendo. ¡*broom*! Un sonido fuerte y grave los estremeció. Habían golpeado el techo de un auto estacionado a mitad de la vía. Luego una fuerte sacudida les indicaba que ya tocaban tierra, y el pavimento agrietado hizo vibrar hasta los huesos el avión y a la tripulación.

Con los frenos hasta el fondo y un gran esfuerzo para mantener la nave en el centro de la avenida y no chocar con los postes de energía eléctrica y las luminarias, finalmente pararon, a solo unos centímetros de un autobús de pasajeros que obstruía la calle por completo.

Una vez dieron gracias, a Dios y al capitán por la suerte de estar vivos, descendieron del avión. Solo el sonido del mar y el abrazante aire caliente de la costa les daba la bienvenida, aparte de eso nada se escuchaba ni se movía.

Luego de equiparse, caminaron por el malecón en dirección al faro. El autobús de pasajeros que ocultaba un poco la aeronave, se encontraba cerrado, parado en diagonal en el centro de la avenida, como si recién hubiera iniciado la marcha después de estar estacionado y repentinamente se detuvo. El blanco pavimento y el resplandor del sol, así como lo sucio de las ventanas impedían la visibilidad hacia adentro del autobús. Sin embargo no se atrevieron a abrirlo, seguros de que en interior nadie podría permanecer con vida bajo aquella ardiente temperatura.

Solo a pocos metros de ahí, se distinguía un edificio que debía ser un hotel, sobresalía en la zona por su altura, ocho tal vez nueve pisos.

__ *Entremos, tal vez encontremos más datos, quizá funcione aquí el teléfono o la internet, beben tener más tecnología aquí...* agrego Víctor.

Se aproximaron por el área del restaurante, la más cercana a la avenida, al abrir la puerta fueron invadidos por una mezcla horrenda de olores entre putrefacción, humedad y mar, la cual los hizo retroceder hasta encontrarse nuevamente en la calle. Tras colocarse mascaras ingresaron de nuevo al hotel, el interior del restaurante era macabro, cuerpos esqueléticos y otros aun con piel se encontraban sobre el suelo, sillas y mesas.

Vestigios de comida reseca aun se distinguían en la mesa de bufete, había arena y polvo por todas partes, la suciedad por la descomposición de los cuerpos también estaba presente. A pesar del impacto tenían que seguir, así que Ignacio fue rápidamente hasta un interruptor de luz y lo accionó, pero sin que alguna lámpara se encendiera, sus compañeros repitieron la acción en otros interruptores, sin resultado positivo. La computadora de la administración tampoco encendía y el teléfono no daba línea. Definitivamente no había corriente eléctrica ni servicio telefónico en el hotel.

El calor era insoportable, apenas podían respirar bajo las mascaras y ya se encontraban completamente empapados en sudor, pero era importante recolectar algunos objetos del lugar para examinarlos más tarde. Bastaron algunas partes de las computadoras del lugar, un par de teléfonos celulares y un periódico que se encontraba aun sobre el mostrador de la caja.

Una puerta que comunicaba con la cocina del restaurante se encontraba media abierta, obstruida por los restos quizá de un mesero que cayó al piso con todo y una charola con comida. Víctor empujó la puerta lentamente y con mucho cuidado alargo la zancada para evitar pisar el cadáver al tiempo que se introducía en la cocina. Fue necesario usar una lámpara, el lugar se encontraba en oscuridad total y de inmediato sintió como el aire dentro de mascara se hizo más denso y pesado. El haz de luz de su linterna atraía a miles de mosquitos que se congregaban a su alrededor, dificultando un poco la visibilidad, pero no lo suficiente como para pasar por alto el caos y la devastación de aquel lugar.

Todo estaba cubierto por una especie de moho verdoso y obscuro, cochambre y telarañas por doquier, cucarachas y otros insectos recorrían las paredes, los estantes, anaqueles y el piso. No fue necesario ver más, así que todos salieron de ahí, mas tarde regresarían.

La situación era la misma que en los poblados anteriores, falta de energía eléctrica, sin servicio telefónico y gente muerta por todas pares. Además las computadoras del hotel revisadas en el avión detallaron que también dejaron de funcionar el mismo día y hora que las que habían analizado antes, sorprendentemente.

La tarde comenzaba a caer, debían conseguir combustible y asegurar la continuidad del viaje. No se veía ninguna estación de gasolina cerca, sabían que siguiendo la avenida o un bulevar grande, pronto encontraría una, pero se les ocurrió una mejor idea.

Para no arriesgarse alejándose del avión decidieron extraer el combustible de los autos que se encontraban en los alrededores y sobre la avenida. Rápidamente con algunas herramientas se dirigieron al primer auto que se encontraba a su paso, era un vehículo compacto aparcado a un costado de la avenida, lamentablemente los restos de una familia se encontraban en su interior. Seguido de un breve *lo siento,* Ignacio deslizo la osamenta que se encontraba en el asiento del conductor, y se disponía a abrir el capó del auto cuando observó que las llaves se encontraban conectadas en la marcha del vehículo con el swich en encendido, la palanca de las velocidades indicaban Parking, luego estiro la palanca que destraba la cubierta del motor y corrió a revisar, la batería estaba muerta.

Era muy probable que ese auto no tuviera gasolina, si su teoría era correcta, ese vehículo permaneció encendido hasta que la gasolina se agotó y luego lo hizo la batería. Al desconectar una manguera del tanque de combustible lo confirmó.

Que pudo haber pasado, se preguntó. Tras el desconcierto observaron cerca, en el estacionamiento del hotel, una camioneta ocho cilindros, bastante grande, la cual les pareció apropiada para la extracción de gasolina. ___ *debe tener tanques más grandes que nuestra nave...* comento el capitán. Se trataba de una pick up cuatro puertas todo terreno, todos se apresuraron hasta llegar al estacionamiento. Nadie se molestaría si rompían una ventana de la camioneta, al menos no había nadie cerca que pudiera reclamarles, aun así no podían evitar sentirse mal.

Uno de ellos estaba a punto de acertar un golpe con una pequeña hacha en el cristal de la puerta del conductor cuando la voz apresura de Víctor lo detuvo. ___*Espera, aquí enfrente de la camioneta sobre la jardinera hay un cuerpo, podría ser el propietario...* Todos se congelaron por un instante, aunque no entendían cual era el caso, pero de pronto Víctor, quien estaba en cuclillas junto al cuerpo, se levanta y dice; ___*lo tengo, que suerte.* Y tras incorporarse alzo una mano mostrando un manojo de llaves. Oprimió el botón del control de la alarma pero no se produjo ningún sonido y la camioneta seguía cerrada, probablemente las baterías se habían agotado, pero probó manualmente con la llave y ¡lotería! el seguro de la puerta dio un pequeño salto.

Era evidente que este vehículo fue apagado la última vez que se usó, así que intentaron encenderla pero fue en vano. No perdieron más tiempo y comenzaron a vaciar los tanques de combustible y los llevaron hasta el avión, la noche los alcanzaría pronto y debían prepararse.

Vaciaron todos los tanques de los vehículos que se encontraban estacionados en el hotel hasta que reabastecieron sus reservas. Luego recargaron un par de baterías con el fin de encender un vehículo, pero no obstante sus esfuerzos, ningún vehículo daba marcha, lo cual era raro en extremo.

Con el sol a punto de ponerse, aseguraron bien la aeronave y se dirigieron al hotel para esperar la noche. No dormirían en la suite de lujo, ni tendrían servicio a la habitación, de hecho subirían un poco más el nivel, se apostaría en la azotea del edificio, desde allí dominarían el entorno y vigilarían con mayor eficacia. Tenían la esperanza de distinguir una luz en la oscuridad que les diera una señal de vida.

El primero en hacer la guardia fue Víctor, aquella noche no asistió la luna, por lo que al principio todo era negro, se dificultaba incluso encontrar el borde del edificio. Obscuridad, viento y el sonido del mar, solo esas tres cosas y ellos, la sensación era similar a estar en la Villa, lo cual a demás del recuerdo trajo un poco de tranquilidad.

Recargado en el equipo de aire acondicionado del hotel, lentamente levantó la vista hacia el cielo, totalmente cubierto de un manto de estrellas que destellaban radiantemente, no era la luz que deseaba encontrar pero la belleza de la naturaleza lo cautivaba de nuevo, en definitiva era la noche más estrellada que habían visto sus ojos.

Después de dos horas fue relevado por el Capitán y éste a su vez por Ignacio después de que pasó un tiempo igual. Con el alba a punto de romper, un sonido distinto al del mar y el viento estremece a Víctor, quien dormitaba en su puesto de vigilancia junto al aire acondicionado. Era el ladrido de varios perros en la distancia, trató de ubicar el lugar exacto de donde provenía el sonido y luego se esforzó para ver si podía distinguir actividad humana pero no logró ver nada desde ahí, ni siquiera a los perros que ya con el sol brillando en el horizonte callaron.

Ya despiertos, tras tomar un breve bocadillo descendieron del hotel, habían planeado caminar hacia el faro y de ese puno internarse un poco en el centro de la ciudad, debían continuar la búsqueda de personas o por lo menos algo que les diera la respuesta definitiva a lo que pasaba.

Ya de nuevo en el Paseo del Malecón caminaban hacia el norte, apenas llevaban unos pocos metros cuando vieron un auto muy singular encaramado a medias sobre la banqueta y recargado en un contenedor de basura. Era un VW Safari, de los que en las playas de México llamaban "Pulmonías"

Se encontraba descapotado y era evidente un pequeño bulto de huesos y trapos que permanecían en el asiento del conductor, las llaves estaban puestas.

En un principio no llamo mucho su atención, más allá de lo usual, pero luego el Capitán reaccionó; ___ *Puede ser que este vehículo si funcione.* Dijo el capitán ante la poca sorpresa de sus compañeros.

___ *Porque crees que esta carcacha no tiene el mismo problemas que todos los que ya hemos revisado.* Cuestionó Ignacio.

___ *Sencillamente porque éste es el único auto, de los que ya vimos, que no tiene encendido electrónico ni computadora.* Sostuvo firmemente el capitán.

___ *Hay que intentarlo.* Finalizó Víctor.

El sol aunque temprano en la mañana ya calentaba con intensidad, y el solo hecho de cargar una batería de auto y un par de galones de combustible por un centenar de metros les provocaba abundante sudor. Levantando el asiento trasero del Safari cambiaron la batería descargada y colocaron una cargada, la conectaron, pusieron un poco de gasolina en el tanque y otra poca en el carburador. Y con mucho ánimo giraron la llave, y aunque en el primer intento no encendió, se regocijaron de gusto al ver que el motor lo estaba intentando, un poco de carburación y otra media docena de intentos y el viejo Safari comenzó a toser, sacando unas cuantas nubes de humo negro por el escape hasta que se estabilizó, no lo podían creer, ahora tenían transporte terrestre, de manera espontanea se abrazaron de felicidad, como si hubieran descubierto el fuego o inventado el automóvil.

La teoría del capitán era cierta, "un auto que no contaba con computadora ni encendido electrónico" una pista más para analizar.

Todas las computadoras y teléfonos celulares analizados hasta ese momento indicaban que se habían detenido al mismo tiempo, lo cual despertaba en ellos una gran preocupación. La idea de una catástrofe global producto de las guerras sonaba cada vez con mayor intensidad en sus mentes, un arma letal y altamente avanzada que terminó con la vida de cuántos, cientos, miles o millones, y porque ellos seguían vivos estando tan cerca de los pueblos devastados, y cuántos correrían la misma suerte, a quién más impactó esta arma letal, porqué seguían los cuerpos en el mismo lugar en el que murieron, porqué las ciudades permanecían vacías después de tanto tiempo.

Conforme recorrían la costa, zigzagueando por la gran avenida entre los cientos de autos varados, eran invadíos por una fuerte oleada de calor seguido de un extraño olor a mar y podredumbre. La humedad del lugar y la gran concentración de cuerpos eran una combinación nada grata, aunque la mayoría de las mortajas eran ya solo huesos blancos que brillaban a ratos entre pedazos de trapo cuando los alcanzaba el sol, pero otros pocos se lograron esconder en callejones húmedos y sombríos, y en los tantos canales de la ciudad.

Aunque insoportable por el calor, fue necesario seguir usando mascaras para no correr el riesgo de contaminarse, sobre todo cuando empezaron a revisar con mayor detenimiento algunos edificios y locales comerciales del centro de la Ciudad.

Ratas, cucarachas y otras plagas desagradables, en gran número, recorrían las estructuras con gran libertad sin importar la luz del día ni la presencia del equipo que siguió inspeccionando el área con cautela.

__ *Por aquí...* indicó Víctor alzando la voz al tiempo que hacía un ademan con la mano, y rápidamente todos se dirigieron a la entrada de una tienda de conveniencia.

__ *Quieres recolectar suministros?* ... cuestionaron sus compañeros, pero Víctor no prestó atención al cuestionamiento y se dispuso a entrar al establecimiento empujando con fuerza la puerta que cedió rápidamente. Ya en el interior se dirigió hasta el estante de revistas y tomó todos los diarios de las diferentes agencias de noticias que se encontraban ahí, y los repartió al resto del equipo.

__ *Revisen la fecha y las ultimas noticias que se publicaron...* señaló Víctor.

Las noticias no revelaban nada contundente, aunque en el ámbito internacional destacaba conflictos bélicos y atentados terroristas en varios países. La fecha que contenían todos los diarios revelaría una pista fundamental, *Siete de febrero de dos mil diez,* el mismo día, mes y año en que dejaron de funcionar todas las computadoras y teléfonos celulares que habías analizado.

# Capitulo XVI

El nombre y la identificación que dejó en la administración de los apartamentos eran falsos, pero sabía que si tenían su fotografía, habría una posibilidad de dar con él, lo que comenzaba a ponerlo muy inquieto y algo paranoico.

Su invento no estaba completo aun, pero creía poder controlar la comunicación primaria entre el cerebro y los demás órganos, bloquear y borrar todo registro almacenado en la corteza cerebral, toda memoria y todo aprendizaje, utilizando solo ondas electromagnéticas que se mesclarían con los impulsos eléctricos del cerebro, creía haber encontrado la fórmula, el comando exacto para resetear y restablecer los valores, de fabrica del ser humano.

Las ondas podían transmitirse mediante electrodos conectados en la cabeza del sujeto, pero sabía que también podían hacerse a través de microondas y hasta por frecuencias radiales.

Era la razón por lo que lo buscaban, por eso habían puesto precio a su cabeza, aunque el monto que publicaban las agencias lo decepcionaba un poco. Ahí se dio cuenta que su invento al ser usado como él pensaba resolvería un problema minúsculo, de hacinamiento carcelario o de reducción de estadísticas criminales y de reincidencia delictiva. La verdadera readaptación social no interesaba mucho, ni el fin de la violenta guerra, y entendió que esta sociedad no estaba lista para la paz porque padecía de un cáncer tan avanzado que ya era imposible hacer retroceder y el cual no podía ser extirpado por encontrarse en un órgano vital, el más importante, la propia cabeza. Y recordó que las sociedades al igual que los pescados cuando empiezan a podrirse comienzan por la cabeza.

Imaginaba el uso que podían dar a su invento si caía en manos belicosas y poderosas, *Las pistolas y las motos son tontas en manos de peligrosos...* murmuró. La era de la esclavitud podría regresar, o simplemente sería la forma perfecta de acallar a los rebeldes, y todo aquel que se opusiera al dictador.

El miedo y el delirio de persecución lo estaban consumiendo, su fotografía circulaba en toda la internet, lo buscaban en varios países. Cada vez era más difícil tener contacto con la sociedad, mantenerse a si mismo era toda una odisea, tuvo que cambiar su apariencia en más de un par de ocasiones para no llamar la atención, al límite de vestirse de mujer cada vez que salía a la calle solo para hacer unas compras mínimas.

Cada vez fueron menos las ocasiones en que salía del apartamento, y aunque su disfraz era altamente eficaz, sentía que todos lo miraban, sensación por demás ajena y extraña a la que no se pudo acostumbrar.

Habían pasado dos meses, desde la última vez que salió del apartamento, la renta por adelantado y una dotación de víveres resguardaban su aislamiento. En su propio mundo comenzaba a perder de vista la realidad, ingería alimentos cada dos o tres días, dejo de cocinar, todo lo comía crudo y frio, había perdido mucho peso, no recordaba haberse aseado y deambulaba siempre a oscuras por el departamento, la única ventana que daba a la calle, aunque estuviera en un séptimo piso, permanecía cubierta con bolsas de plástico negras.

El único universo en el que aun caminaba era el virtual, usaba cientos de cuentas con igual número de identidades, divagaba en ellas día y noche conviviendo con gente que nunca conocería, pero ese día fue distinto.

En una de sus tantas cuentas descubrió un remitente desconocido y algo extraño, le habían dejado un mensaje.

*....Sabemos quién es y donde se encuentra, debemos hablar con Usted, ya...*

De un golpe cerro la tapa de su Lap Top y se quedo inmóvil por un par de minutos, luego salió de la cama a hurtadillas y caminó hasta la ventana, y levantando lentamente una esquina de la bolsa negra que la cubría acercó un ojo para echar un vistazo a la calle, todos le parecían sospechosos. Pensó que se trataba de un intento más para capturarlo, fallarían como en las anteriores, era imposible, se encontraba en medio de un mar de gente.

Con aire de arrogancia regresó a su computadora y de un tirón por el cable la acercó hacia él, la abrió y después de unos segundos se encontraba nuevamente leyendo aquel mensaje, observó el remitente e identificó que era una cuenta proveniente de los Estados Unidos, luego de eso, con gesto feroz tecleó con fuerza unos cuanto comandos y toda la cuenta junto con el mensaje desapareció por siempre en inframundo cibernético. Estaba a punto de olvidar ese mal rato cuando al abrir otra cuenta se percato que en la bandeja de entrada, el mismo remitente le había dejado otro mensaje, su corazón casi se le sale del tórax, sentía como la sangre se le amontonaba en las orejas y una robusta gota de sudor frío recorrió desde la punta de su nariz hasta el cuello. Su dedo tembloroso pulso el botón izquierdo del mouse para abrir aquel mensaje, y en el momento en que apareció el mismo texto, las mismas palabras que el anterior, esta vez no se conformó con cerrar de un golpe la Lap Top, temblando de miedo y rabia se alejo de ella metiéndose entre las sabanas como un chiquillo haciendo berrinche al tiempo que la lanzaba fuera de la cama de una patada.

Desde el interior de su blanca cueva intentaba fraguar un plan, pero no podía unir todas las cosas que rondaban por su cabeza, cómo saldría de ahí, su disfraz, hasta ahora había funcionado pero y si ellos ya sabían y de cualquier forma lo atrapaban. Salir por la ventana tampoco era una opción, no le quedaba más que arriesgarse a salir encubierto como la había hecho antes, o se quedaría a pelear con las únicas armas que tenía y conocía bien.

# Capitulo XVII

Era una apacible y tediosa tarde gris, no se escuchaba ni un murmullo, parecía que la gran ciudad estaba a kilómetros de distancia, el apartamento estaba en completa oscuridad hasta que la luz de un monitor iluminó un rostro esquelético y desalineado. Empezó abriendo y revisando una a una las cuentas que había creado, todas contenían el mismo mensaje, estaba bien, habían decidido retarlo en su propia cancha, él aceptaría el desafío.

En una de las cuentas escribía una contestación al remitente, consciente de que al enviar aquella respuesta descubrirían su escondite, y esto escribió:

*….Tienen 30 minutos para convencerme o para encontrarme, si ninguna de esas cosas pasa, lo que sea que estén haciendo y donde quiera que se encuentren, será lo último que harán… + SEND*

Desde otro ordenador inició una secuencia de comandos para infiltrarse en las principales bases de datos de las Agencias de Seguridad, nacionales e internacionales, y en la *Nube*. Solo unos minutos le bastarían para descargar en la red un virus que inundaría todo sistema de comunicación, cualquier forma de transmisión de onda sonora o microonda, emisora o receptora, afectaría todo, celulares, teléfonos fijos, radios y televisores, computadoras, tabletas y GPS, los satélites mismos serían aliados suyos.

Pasados quince minutos de haber respondido el mensaje, recibió contestación.

*....Usted ha perdido amigo, solo nosotros podemos ayudarle, si lo que dice tener es real y nos interesa, le daremos la oportunidad de vivir una vida normal y placentera, lejos de la pocilga donde se encuentra ahora. Nos vemos afuera de su edificio en una hora, díganos que lleva puesto para identificarlo...*

*....REPLY: Han perdido quince minutos y un poco más, espero que sus conciencias estén tranquilas...*

Solo un par de segundos se distrajo para contestar el mensaje, luego de eso regresó a la conducción de la orquesta de comandos y programas que ejecutaba con maestría.

A punto estaba de finalizar, de concluir todo, de reiniciar todo, cuando un nuevo mensaje apareció en la bandeja, solo tuvo que desviar un poco la mirada y cambiar de monitor, dudó en abrirlo pues el tiempo se había agotado ya, pero les concedió una pequeña prorroga.

*....Asómate por la ventana para que nos veas, aquí estamos, si bajas para hablar mantendremos la oferta si no lo haces iremos por ti y no vas a pasarla bien...*

*....REPLY: Han malgastado los últimos treinta y dos minutos de su ridícula vida, y pasaran las próximas cuarenta y ocho horas pensando en lo que pudieron hacer y no hicieron, después de ese tiempo perderán la conciencia y en un par de días sus cuerpos se consumirán a sí mismos víctimas de la inanición. No tendrán sepultura pues no habrá a su alrededor nadie que los auxilie, todos correrán su misma suerte. Solo espero que razas nuevas, nuevos humanos con nuevas conciencias limpias, resurjan de entre las cenizas de este infierno, y si los justos sobreviven será porque realmente existe Dios...*

Después de responder el mensaje, regresó a la pantalla de la otra computadora, una ventana contenía dos opciones; *Cancelar/Aceptar.*

Mirando fijamente la palabra aceptar, su visión comenzó a tornarse borrosa, hacía varios días que no probaba alimento y quizá tampoco había ingerido suficiente liquido, ahora deliraba e imágenes de su abuela rondaban por su cabeza, mencionó su nombre, le preguntó por su madre, quién había sido el infeliz que la apartó de él, y quién había disparado aquel día en que murió ella, ya no importaba, su venganza era posible, si aún vivían lo pagarían.

Los recuerdos e imágenes fueron desvaneciéndose hasta que nuevamente tomó conciencia y las dos palabras aparecieron frente a él, echó un último vistazo al correo que tenía abierto en la otra pantalla, pero la bandeja de entrada no anunciaba correos nuevos. De pronto tres fuertes golpes resonaron en la puerta del apartamento, enseguida un tenue doble clic y después, el silencio y la oscuridad absoluta, él aún consciente intentó gritar, pero no pudo hacerlo, no tenía ya control de su cuerpo, no sabía si estaba sobre el suelo o permanecía sentado frente a su computadora, no sabía siquiera si respiraba, había muerto o seguía con vida…

Una nueva peste había sido creada, inoculada desde la computadora de un sombrío ser humano, un cualquiera, uno entre millones, uno más.

Distribuida rápidamente por los rincones más remotos de la red mundial y las ondas satelitales, infectando todo instrumento de comunicación, receptor o emisor que estuviese encendido en el momento de la detonación del virus. Celulares, computadoras personales, radios, televisores, transmisores de cualquier tipo, GPS, vehículos y medios de transporte, aviones y naves marítimas, todos reprodujeron la honda electromagnética en un radio mínimo de veinte kilómetros alrededor de cada aparato, haciendo interferencia de manera instantánea y simultanea con las ondas cerebrales de todo ser humano que estuviera dentro del rango de la onda.

En solo segundos el silencio y la quietud inundaron las grandes ciudades y las no tan grandes, nadie se percató de los miles de accidentes automovilísticos que ocurrieron de forma simultánea, ni los aviones que después de navegar por un rato sin control se desplomaron.

Como todo organismo que deja de moverse, el estancamiento empezó a podrirse. En un par de días el hedor a muerte reinaba en el aire, los insignificantes insectos y otros seres primitivos volverían a dominar casi la totalidad de la tierra.

# Capitulo XVIII

B arajando revistas y periódicos entre los sucios pasillos de la tienda, Víctor desvió la mirada hacia un apartado rincón del establecimiento, justo en el techo, se encontraba un pequeño domo negro adherido. Se trataba de una cámara de vigilancia. Aunque cubierta por el polvo aún reflejaba en su cobertura, las siluetas distorsionadas de los visitantes.

No era la única cámara con la que contaba la tienda, en total eran cinco ubicadas en distintos puntos.

_____ *Bien, si encontramos el grabador de vigilancia y logramos reproducir los videos con el equipo del avión, estaremos más cerca de saber que pasó.* Comentó Víctor.

Ignacio, que se encontraba al fondo de la tienda, al escuchar la idea de su amigo, camino rápidamente hacia el mostrador donde se encontraba el equipo de cómputo y una pequeña puerta que daba a una oficina. La emoción sugería que debía correr, pero evitar la basura y los restos humanos postrados en el piso de los estrechos pasillos se lo impedían.

Al salir de la tienda con los equipos de vigilancia listos para reproducirlos en la aeronave, notaron que en los alrededores había otros establecimientos y edificios en los que se apreciaban cámaras de vigilancia, así que para tener más ángulos decidieron recolectar más equipos para llevarlos al avión y tratar de reproducirlos.

El sol comenzaba a ponerse, Ignacio y el Capitán ya se encontraban a bordo del Safari, ambos habían sacado los reproductores de video del circuito de vigilancia de un hotel y de una tienda departamental.

Víctor se estaba demorando, a él le toco buscar en un Banco. A punto estaban de ir a buscarlo cuando apareció de repente por las escaleras cargando una pesada caja negra.

___ *Me fue difícil abrir algunas puertas, después de todo es un Banco, espero no me manden a la cárcel por esto.* Comentó Víctor en tono de broma.

Para poder abrir la puerta del cuarto de control donde se encontraba el equipo de vigilancia, Víctor tuvo que hurgar entre las mortajas hasta que en una de ellas encontró la llave correcta. Los archivos que contenían los videos de esas cámaras eran esencialmente importantes ya que al menos tres de ellas enfocaban hacia la calle.

Con los tres tripulantes a bordo, el Safari dio media vuelta por la avenida y se dirigió a toda prisa de regreso al avión. La tarde comenzaba a caer, pronto obscurecería y de nuevo la incertidumbre del qué pasará mañana, qué sorpresas traerá consigo la noche, ¿volveremos a ver el sol? Las mismas interrogantes que en los inicios de la humanidad acosaban al hombre día con día.

Pero no se entregarían al sueño y a su subconsciente antes de saber que fue lo último que captaron aquellas cámaras.

Ignacio y el Capitán se enredaban con un montón de cables y conexiones en el avión tratando de hacer funcionar los equipos de video que recolectaron, de vez en cuando encendía el motor de la nave para cargar de energía el pequeño generador de corriente. Víctor más distante se encontraba vigilando, aunque el insistente llamado del mar y del ocaso poco a poco lo sedujeron. No fue consciente de su caminar hasta que se encontraba en el límite del malecón cruzando la venida, el aliento intenso del mar golpeaba de frente su rostro, agitando con fuerza su camisa y pantalón. Su escopeta cruzaba su pecho mientras la sujetaba con ambas manos, más que hacer la función protectora, servía de apoyo para la contemplación de la inmensidad.

Una ola que rompió con fuerza bajo sus pies, cubriéndolo por completo de abundante brisa lo despertó y trajo de vuelta a la realidad, fue en ese momento cuando recordó lo que estaba haciendo y dando la espalda al mar dirigió su mirada a donde sus amigos, ellos seguían trabajando en el interior de la nave, y sin saber si lo miraban o no, Víctor levantó una mano en señal de que todo estaba bien.

Un manto rojizo con dorado intenso cubrían por completo el horizonte, la mitad del sol yacía bajo el mar y las olas eran apenas unas tenues notas negras flotando entre la marea de fuego. De pronto el interior de la nave se llenó de luz, una luz distinta de las lámparas del avión, habían logrado encender un reproductor y las imágenes ya se proyectaban en el monitor.

Con un grito que pudo escucharse hasta alta mar, le avisaron a Víctor que corriera para ver el hallazgo, comenzaba la función.

Se trataba del video de las cámaras de la tienda en donde habían visto las revistas y periódicos, los archivos indicaban que el reproductor había dejado de grabar el día siete de febrero de dos mil diez a las 19:11 horas, así lo mostraban unas letras y números amarillo chillante sobre un fondo gris.

Ya se encontraban todos reunidos en el interior del avión, en el pequeño espacio de carga y pasajeros, cuando tras una pequeña señal que alistaba a los espectadores, Ignacio activó el botón *Reviw* del reproductor. El fondo gris comenzó a chisporrotear victima de la estática o la falta de señal y luego de unos largos segundos apareció una imagen.

Se encontraban viendo la cámara que vigilaba los pasillos y el mostrador de la tienda, la velocidad del retroceso de la grabación no escatimó en detalles pero todos alcanzaron a ver como un cuerpo se erguió de repente saliendo de atrás del mostrador y al menos otras tres personas se levantaron del piso de los pasillos. Les llevó algunos segundos reaccionar a lo que vieron hasta que Víctor ordeno detener la grabación.

La cinta se detuvo y luego de un par de segundos empezó a correr en tiempo normal hacia adelante, todo parecía estar en orden y en calma, dos mujeres buscaban cosas en los pasillos mientras una de ellas ojeaba al mismo tiempo una revista. Otra persona se encontraba pagando frente al mostrador y una más a lo lejos sacaba algunas cosas de un refrigerador.

El video no contenía archivos de sonido, por lo que no sabrían si en ese momento ocurrió una explosión o algo similar, aunque las imágenes lo decían todo, nadie se veía alterado o inquieto, se encontraba cada quien en su lugar hasta que llegado el minuto 11 de las siete de la tarde de ese día, y como en un acto de magia perfecto y sincronizado, todos cayeron al suelo en una coreografía macabra.

Ahí, inmóviles, bajo la mirada atónita de los espectadores, permanecieron por algunos minutos, y después todo gris, la grabación termino.

Esa noche reprodujeron más videos, los del centro comercial y los del Banco, todos contenían escenas similares y coincidían a la perfección en la hora. Las cámaras del banco que se encontraban en la calle fueron testigos de docenas de gente que de forma repentina se derrumbo para jamás levantarse, ya que aún permanecían los cuerpos estáticos o lo que quedaba de ellos, en el mismo lugar, después de tantos años.

Qué pasaría con la demás gente, nadie se hizo cargo de los cuerpos, no hubo rapiña en los negocios, nadie, simplemente nadie. Era evidente que todos estaban muertos.

No sabían aún que había causado la catástrofe y tal vez nunca lo sabrían, cuantas ciudades estarían igual y porque a ellos no les había pasado nada.

Visitarían algunas ciudades más antes de regresar a la villa, estaban seguros de que haya no corrían peligro, lo que sea que habría ocurrido pasó hace más de diez años, y ellos no habrían sentido ni la más mínima sospecha.

Un gran viaje en la tierra de los muertos comenzaba, Campeche y Mérida eran una densa alfombra verde, con abundante vida silvestre, la mano del hombre volvía a ser vestigios, fue difícil cargar combustible ahí.

Dirección noroeste desde Mérida partieron rumbo Oaxaca, allí se confundían las ruinas ancestrales de nuestros antepasados con las ciudades contemporáneas.

De la tierra del istmo a la Ciudad de México, el apocalipsis en vivo y a todo color, aunque libre por fin de contaminación y con la naturaleza recobrando los espacios que le fueron arrebatados. Desde el avión Víctor pudo reconocer un par de edificios que alguna vez le pertenecieron y que ahora eran parte de su pasado. Las calles y avenidas de la Gran Ciudad de México eran ríos de autos de todo tipo que se quedaron varados en un tráfico cotidiano y eterno. El Zócalo y San Lázaro debieron estar llenos de peticionarios y manifestantes que como ya lo venían haciendo desde hace décadas, se convirtieron para siempre en parte del paisaje.

Pasaron de largo sobre Querétaro y su gran acueducto hasta llegar a Guadalajara, después hacia Aguascalientes, Torreón, y de ahí a Ciudad Juárez, a la frontera.

Pensaban que la frontera con estados Unidos estaría cerrada, con algún tipo se despliegue militar a la altura de ese País, pero la sorpresa rebasó todo estereotipo Hollywoodesco. Ciudad Juárez y el Paso Texas se encontraban igualmente desiertas, las filas de autos en las aduanas esperando que el Agente les permitiera el paso "pal otro lado" y las fronteras por fin abiertas ante los ojos de los migrantes, conjugándose una imagen grotesca e irónica, propia de un castigo del purgatorio.

Cansados, confundidos, solos y tan lejos de casa, se preguntaron si valía la pena seguir buscando. Ya no sabían bien qué buscaban, y estaban perdiendo el interés por saberlo, la realidad estaba ante sus ojos, la verdad hablaba por sí misma, no necesitaban ver más, era hora de regresar a casa.

Llevaban diecisiete días de expedición cuando decidieron dar la vuelta y regresar, la emoción y las ganas de estar de nuevo en casa con su gente, con gente viva, les había renovado las fuerzas. De momento no pensaban en si serían los únicos con viada en el planeta, o cuantos más estarían como ellos, ni quien dominaba ahora el mundo. No era tiempo de pensar en eso.

Saliendo desde la frontera norte, no se detendrían hasta llegar a Toluca, ahí descendieron en el aeropuerto para recargar combustible y hacer algunas reparaciones a la nave. Poco después de medio día ya volaban el último trayecto que los separaba de casa.

# Capitulo XIX

El cielo comenzaba a cubrirse de nubes como todas las tardes en esa época del año, el viento recorría con autoridad todos los rincones de la villa, azotando algunas puertas y ventanas que encontró desatendidas. La gente ya se arropaba ante la inminente lluvia y el descenso de la temperatura.

La expedición había sido programada para durar quince días, y ese tiempo estaba agotado. Si desde el primer día en que salieron, inició un estado de angustia y desesperación en todos los habitantes, especialmente en las familias de los tripulantes, ahora, casi tres días después de la fecha indicada para el regreso, la situación era caótica y la tranquilidad de la villa peligraba al igual que su estabilidad.

En una de las torres de vigilancia, un centinela levantaba el cuello de su chaqueta para proteger sus orejas del cortante viento y la lluvia que ya caía a torrenciales acompañada por una sinfonía de truenos que destellaban más allá de las nubes. Aquel hombre, custodiando desde su puesto, había pasado mucho tiempo esperando inquieto ver en el horizonte una señal que anunciara el regreso de sus compañeros, pero luego de cubrir su turno regresaba a su casa con el semblante callado, y con cada día que pasaba se incrementaba la angustia y su pesar. Esa tarde la lluvia no lo dejaba ver más allá de su nariz, por lo que considero varias veces abandonar la torre, pero sólo se acomodo en un rincón de la caseta para cubrirse de la feroz lluvia hasta que ésta dejara de azotarlo.

Sujetaba con ambas manos sus tobillos, encogiendo sus hombros para cubrirse con el ala del sombrero, solo podía oír el viento azotando la lluvia contra la madera de la torre, y sus ojos entre abiertos miraban las paredes y el suelo de lo que ahora, más que un puesto de vigilancia se había convertido en su refugio.

La hipnotizante melodía y el frio estaban a punto de hacerlo perder la conciencia cuando de pronto comenzó a captar un sonido distinto, algo que no encajaba en aquel concierto y que iba tornándose cada vez más claro e intenso hasta que despertó sus sentidos y a él mismo, era el sonido del motor de la avioneta navegando por los cielos entre aquella poderosa tormenta.

Solo pudo escuchar el motor, que rugía batiéndose a duelo con el implacable clima, pero no podía distinguir nada además de la lluvia, el sol se había puesto ya. Desesperado comenzó a tocar la campana que alertaba a sus compañeros de la gran noticia pero su llamado se disolvía entre los truenos y el chiflido del viento, así que tomó tu escopeta y la disparó varias veces al aire para llamar la atención, hasta que por fortuna el compañero que custodiaba la torre más cercana a la pista de aterrizaje pudo ver los fogonazos que producía el arma de su compañero y entendió de que se trataba.

A toda prisa descendió de su puesto y corrió llevando en la mano una bengala encendida, otros compañeros al ver esta señal lo siguieron hasta unos baldes de brea que bordeaban un camino recto y ancho. Con las bengalas encendieron la brea y la pista se iluminó, solo había que esperar que la aeronave apareciera de entre las nubes y con mucha suerte aterrizara en aquella avenida de fuego, aunque se preparaban para un posible desastre.

El ronco rugido del motor se había escuchado también entre las calles de la villa, lo que hizo que la gente se alborotara enseguida y saliera de sus casas mirando desesperados al cielo, buscando entre la lluvia y la noche el rastro de sus valientes amigos y familiares.

En el interior de una cálida casa, un vaso de vidrio se hacía añicos contra el piso de madera de la segunda planta, derramando los últimos sorbos de leche caliente que aún contenía. Impactada por lo que veía, la esposa de Víctor se quedo congelada frente a la ventana. En la oscuridad de la noche, resaltaban dos líneas de fuego paralelas, y una atenuada luz bailoteaba entre ellas para mantenerse en el centro mientras se aproximaba.

El capitán sabía que el aterrizaje era todo un reto y que sus vidas peligraban ahora más que nunca, lo que representaba la peor de las ironías pues se encontraban en casa después de todo lo que habían visto y vivido en su aterradora aventura. La tripulación, a la orden de su capitán, solo pudieron ajustarse el cinturón de seguridad, colocar su cabeza lo más cercano a las rodillas y rogar a Dios por sus vidas, por un días más para poder estar de nuevo y por fin con su gente, para poder contarles la aterradora experiencia y la nueva noticia que los convertía en la única comunidad, la única civilización, el único espécimen de la raza humana con vida en miles de kilómetros a la redonda y quien sabe cuánto más, solo el tiempo les traería algún día esa respuesta.

Mantenerse dentro de las paralelas de fuego fue difícil debido al potente viento, pero la experiencia del capitán bastó para lograrlo, lo peor llegó después de que el tren de aterrizaje hizo contacto con la fangosa pista inundada por las torrenciales lluvias. La aeronave se deslizaba como si tuviera patines en vez de llantas y se balanceaba de un extremo de la pista al otro, sin que los frenos surtieran efecto alguno. Al final fue imposible controlar la dirección del avión, los tripulantes se sacudían por las ondulaciones del impreciso suelo, después escucharon como la vegetación arañaba las alas de su nave cuando ésta abandonó por un costado la pista y se abrió paso entre la maleza. Luego, un súbito y definitivo estruendo, seguido de una calmada y silente oscuridad…

# Capitulo **XX**

Una soleada mañana, dos semanas después de su precipitado aterrizaje, aún convalecientes de las heridas, los tres aventureros se disponían a contar la historia de su extraordinario pero aterrador viaje.

El mundo que alguna vez conocieron no existía más, las nuevas generaciones dependían ahora solo de sus recuerdos y relatos.

Durante su ausencia pocas cosas cambiaron, pues su gente había alcanzado un alto nivel en el fortalecimiento de sus valores, pero fue evidente que el temor y la incertidumbre habían hecho mella en el brillo de los ojos de cada habitante.

En punto de las diez de la mañana de aquel día, Víctor se incorporó pesadamente de su butaca y se encamino al estrado, en su mano llevaba algunas hojas llenas de líneas que había redactado a mano en el hospital mientras se recuperaba de las heridas, temía perder detalle de lo vivido en el viaje.

____ *Buenos días a todos, es infinitamente bueno estar en casa otra vez...* inició Víctor su intervención, dando lectura a lo siguiente;

*Llegamos aquí hace casi dos décadas, y fuimos creciendo juntos, todos, por razones distintas o similares queríamos alejarnos de la vida que estábamos llevando en las ciudades, pueblos y hasta en sociedades que están del otro lado del océano. Todos queríamos empezar de nuevo y hacer las cosas más sencillas y felices, queríamos justicia, tranquilidad, salud, trabajo, bienestar para nuestros hijos, cultura, amor, paz y armonía, respeto y sabiduría. Todos estos valores ya no habitaban el mundo en el que vivíamos, o no estaban a nuestro alcance, en ese mundo que nuestros hijos ahora solo conocerán por los relatos que les contemos.*

*Así es amigos, las cosas haya afuera no son como las recuerdan, el mundo al parecer se ha detenido, aunque solo para la raza humana. La naturaleza está recuperando por fin el terreno perdido.*

*El accidente destruyo la mayor parte de las evidencias recolectadas en la expedición, quedando solo unas cuantas imágenes y fragmentos de videos que recolectamos, pero son suficientes para respaldar este informe y nuestra hipótesis de lo que aconteció...*

Poco a poco fue detallando los pormenores del viaje y las aventuras que vivieron, así como las aterradoras escenas que presenciaron, la desolación en todas las ciudades que visitaron y los detalles de la fecha en la que al parecer ocurrió la catástrofe.

*Porque nosotros estamos vivos y todos a nuestro alrededor están muertos, incluso los del pueblo más cercano a menos de cien quilómetros de aquí...* Cuestionó.

*La razón es simple, o lo simple fue la razón...*

El día que decidieron parar, bajarse de ese mundo encarrerado hacia su propia destrucción, fue ahí cuando empezaron a separarse de la catástrofe. La idea nunca fue aislarse, solo pretendían llevar una vida tranquila, llena de valores, cien por ciento autosustentable. La globalización esperaría al otro lado de las montañas, siempre expectante y disponible para todo aquel que deseara montarse en su vertiginoso afluente.

El punto clave de su inmunidad llego cuando luego de varios años trabajando duro por y para sí mismos, la villa alcanzo la madurez tal que los hizo independizarse del exterior cortando la poca comunicación que mantenían con el exterior. Las constantes malas noticias que por lo general escuchaban cada vez que se conectaban, abonaban más a la angustia que al intelecto, lo cual motivó que terminaron definitivamente con todo contacto, incluyendo la radio y la televisión, y estos fueron remplazados por la cultura, lectura, convivencia humana directa, y una sociabilidad real.

*Afuera el mundo fue reducido a tamaño portátil, móvil, "Touch". Toda tu vida podía estar ahí, tus amigos, tus negocios, tus hijos, tu familia, tu tristeza y tu alegría, tu compañía y tu verdadera soledad. El cuerpo humano dejo de ser el centro del universo, lo reemplazo un inmenso entramado de microondas y frecuencias radiales, chips y sistemas binarios. Las redes sociales le dieron cuerpo intangible a ese entorno ficticio, para la mayoría y más a los pudientes, el celular se convirtió en un órgano vital, renovable, pero vital. La muerte en redes sociales era peor que la real, y la vida virtual saturó los sentidos de todos, devorando sus cerebros mucho antes de que los gusanos ocuparan la cavidad craneal. Los religiosos decían que la marca de la bestia estaría en la mano, y ahí la tenían. Alguna vez leí que alguien hizo un juego de palabras con esta historia apocalíptica y las marcas de las empresas de telefonía móvil más famosas, "**iphone, android** y **blackberry**" i drop an id, one very black.*

*La vida al alcance de su mano finalmente se apagó como cualquier dispositivo electrónico, apagando también sus cerebros, dejando sus vulnerables cuerpos en manos de la madre naturaleza, quien en pocos días les reclamo, recibiéndolos con gusto de nuevo en su perfecto reino.*

*No sabemos si hay más sobrevivientes, tal vez otras personas en aisladas comunidades, viviendo con sus costumbres, distantes de la modernidad, pero con sabiduría.*

*Algún día el mundo volverá a poblarse y tal vez retome el mismo curso caótico, eso no debe preocuparnos, pero nuestra forma de ser, nuestro presente, nuestra forma de saber vivir dejará huella y será semilla perpetua para que la humanidad renazca una y otra vez.*

*Escrito por*
**Fernando Vega De La Peña**

Printed in the United States
By Bookmasters